Biografische Erzählung
Moritz
in 107 Kurzgeschichten

UDO HESS

1. Auflage

Copyright: © 2018 Udo Hess

Alle Rechte, einschließlich die der vollständigen oder teilweisen
Kopie in jeglicher Form, sind vorbehalten.

Lektorat, Satz und Cover: Petra Schmidt
Coverbild und Fotos: Udo Hess
Herausgeber: Udo Hess, Akazienstraße 4, 82024 Taufkirchen
Herstellung & Verlag: BoD – Books on Demand, Norderstedt

ISBN: 978-3-74818-509-3

Bibliografische Information der Deutschen Nationalbibliothek:
Die Deutsche Nationalbibliothek verzeichnet diese Publikation in
der Deutschen Nationalbibliografie; detaillierte bibliografische Daten
sind im Internet über http://dnb.dnb.de abrufbar.

Inhalt

Vorwort	7
Butter	8
Hundebiss	10
Himbeeren	11
Am Bach	13
Neue Sandalen	15
Süße Sachen	17
Fahrrad und Hund	19
Maikäfer	21
Bucheckern	22
Schlachtfest	24
Blaue Zöpfe	26
Schulspeise	28
Knöpfe	30
Unser Polka	32
Erbsentrick	34
Fundstücke	36
St. Michael	38
Sammlerorganisation	40
Radfahren	42
Baumklettern	44
Kinder allein zu Hause	46
Glockengestell	48
Kinder-Banden	50
Schlüssel verloren	52
Weiße Mäuse	54
Naturfreundehaus	56
Wellensittich	58
VW Gas-Seil	60
Hüttenbesuch	62
Reise nach Korsika	64
Basteleien	66
An der Innerste	68
Bergmannslehre	70
Zelten	72

Hilfsmotor	75
Grubenlampe	77
Probebohrung	79
Christa	81
Mobbing	83
Umschulung	85
Orgelbau	87
Grundausbildung	89
Biwak	91
Flut 1962	93
Werkstattwagen	95
Elektrischer Schlag	97
Im Dreiländereck	99
Führerschein	101
Schwabing	103
Vorgarten	105
Streiche	107
Haarteil	109
Rettungsboje	111
Bastelschublade	113
Überschlag	115
Gabriele	117
Zelturlaub	119
Kleintiere	121
Urlaub in Ungarn	123
Auf der Fregatte	125
Süditalien	127
Arbeitnehmervertreter	129
Urlaub in Jugoslawien	131
Gemeinderat	133
Fasching	135
Weihnachtsbaum	137
Abendschule	139
Städtepartnerschaft	141
Bandscheibenvorfall	144
Funky Girls	146
Auftritt in der Schweiz	148
Auftritt in Meulan	150

Betriebsrat bei MBB	152
Städtepartnerschaft mit Kilsey	154
Traumziel	156
Naturreservat	158
Madagaskar-Film	160
St. Marie	162
Madagaskars Süden	164
Madagaskars Westen	166
Königin von Saba	168
Jemens Küste	170
Unangenehmes	172
Diavorträge	174
Frankreich mit dem Wohnmobil	176
Frankreich zentral	178
Norwegens Süden	180
Norwegens Norden	182
Selbstständig	184
Nathanielle	186
Bulimie	188
Kindesentzug	190
Arbeitslosenzeit	192
Gonfaron	194
Handwerker	196
Kur	198
Jakobsweg	200
Pilgerpfad	202
Quadunfall	204
Unfallkrankenhaus	206
Nepal	208
Bhutan	210
Sikkim	212
Leben in der Provence	214
Internetbekanntschaften	216
Unverhofftes Wiedersehen	218
Ungewissheit	220
Danksagung	223
Der Autor	224

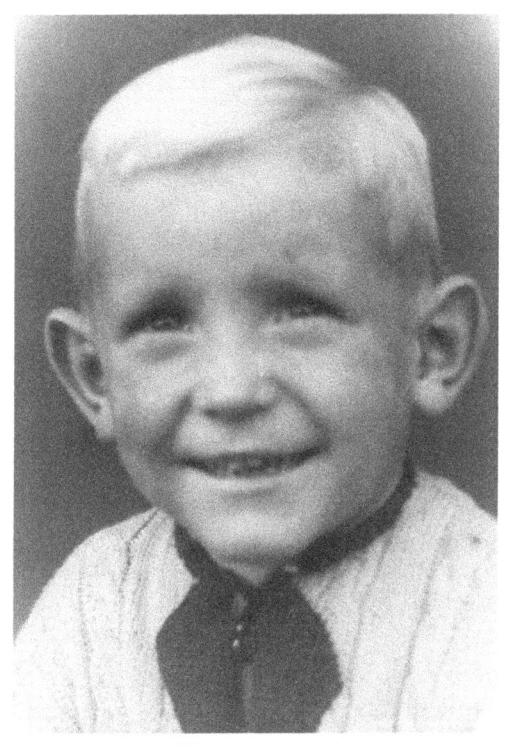

Bild: Moritz, 3 Jahre

Vorwort

In diesem Buch finden Sie Anekdoten, Streiche und Erlebnisse aus einem ereignisreichen Leben. Moritz wurde von seiner Mutter so genannt, weil er ihrer Meinung nach im jungen Kindesalter schon etwas Durchtriebenes, Witziges und Überraschendes an den Tag legte.

Aufgewachsen ist Moritz mit seinem zwei Jahre älteren Bruder Karl-Heinz und seiner zwei Jahre jüngeren Stiefschwester Marita. Sein leiblicher Vater ist im Krieg gefallen. Sein Stiefvater wurde im Krieg verwundet und hatte von da an ein steifes Bein.

Die ersten Jahre verbrachte die Familie in Thüringen, bis sie 1945 nach Eberholzen flüchtete, unweit von Alfeld, später lebte sie in Hildesheim.

Nach Moritz' beruflicher Ausbildung zum Bergknappen trennten sich die Wege der Geschwister. Es folgten Bundeswehr, die Ausbildung als Techniker und der erneute Berufseinstieg in München. Dort verbrachte er dreißig Jahre, bis er sich beruflich bedingt in Chemnitz, Friedrichshafen, Freiburg und Weil am Rhein aufhielt.

Als Rentner lebt Moritz seit Jahren in den Wintermonaten in der Provence 40 km nördlich von St. Tropez.

Schmunzeln Sie nun über die vielen kleinen Geschichten, die in sehr jungen Jahren begannen und aus dieser Zeit auf Erzählungen der Mutter beruhen.

Butter

Meine Mutter erzählte mir, dass ich bereits im zarten Alter von zwei Jahren einiges angestellt habe. In den Kriegsjahren waren die Lebensmittel besonders in den Städten knapp und der Tausch- und Schwarzmarkt blühte. Zum Tausch ging man aufs Land und besorgte sich Lebensmittel bei den Bauern, denn sie hatten keine Engpässe.

Eines Tages konnte meine Mutter zufällig auf dem Schwarzmarkt ein Stück Butter ergattern. Nach dem Einkauf stellte meine Mutter die Einkaufstasche in der Küche ab, ohne den Inhalt in die Truhe mit Eisblockkühlung zu packen. Einen Kühlschrank gab es damals noch nicht. Sie ging in den Garten, um Wäsche aufzuhängen.

Als meine Mutter zurückkam, saß ich auf einem Stuhl in der Küche und hatte einen Schluckauf, der sich erst nach einiger Zeit durch Einnahme von diversen Tees legte. Anschließend leerte meine Mutter die Einkaufstasche und stellte fest, dass die Butter nicht mehr da war. Auch ihre Suche in der Küche und in der Truhe war ergebnislos. Nachdem meine Mutter die ganze Wohnung auf den Kopf gestellt hatte, vermutete sie schließlich, dass man ihr die Butter irgendwo auf dem Weg nachhause entwendet hatte. Sie war verständlicherweise sehr verärgert, denn Butter war nicht billig und sie musste nun noch einmal einkaufen gehen.

Erst später entdeckte mein Vater das Butterpapier im Abfalleimer und am nächsten Tag, als ich auf dem Töpfchen saß, kam die Butter in anderer Form und komplett in Gelb wieder zum Vorschein. Ich hatte sie also aus der Einkaufstasche genommen und komplett aufgegessen. Das Butterpapier hatte ich, wie ich es von meinen Eltern abgeschaut hatte, in den Abfalleimer getan.

Die Aktion hatte mir nicht geschadet. Ich aß aber fortan eine Zeit lang das Brot ohne Butter, denn es wurde mir übel und ich bekam bereits bei ihrem Anblick einen Schluckauf.

Hundebiss

Die erste Zeit nach unserer Flucht 1945 kamen wir auf dem Bauernhof meines Onkels Hermann unter. Da wir bisher in der Stadt wohnten, war das Leben auf dem Land mit Hühnern, Ziegen, Kühen und Pferden Neuland für mich.

In einem kleinen Anbau war ein Ziegenbock in einem Gatter untergebracht. Ich machte immer einen weiten Bogen um den Stall, da der Gestank nicht auszuhalten war. Ab und zu wurde der Ziegenbock an andere Bauern ausgeliehen, um dort für Nachwuchs zu sorgen.

Auf dem Hof meines Onkels gab es auch Gänse, wobei insbesondere der Ganter immer auf mich losging. Deshalb hatte ich meistens einen Stock dabei, um mich zu verteidigen, wenn ich das Haus verließ.

Es gab außerdem Lumpi, den Hund meines Onkels, der mich nicht mochte, weil ich ihn beim Fressen störte, indem ich den Napf mit dem Stock wegschob. Trotz Warnungen meiner Eltern hat mich der Hund kurz darauf leicht gebissen. Ich verschwieg das natürlich, sonst hätte ich zugeben müssen, dass ich daran nicht unschuldig war. Ich erinnerte mich an die Worte meines Vaters, der gesagt hatte, dass man sich nicht alles gefallen lassen müsse und sich auch wehren solle. Bei einer passenden Gelegenheit, natürlich nicht beim Fressen, hielt ich Lumpi fest und biss ihn in den Schwanz, woraufhin er kräftig jaulte und sich davonmachte.

Seit diesem Vorfall mied der Hund den Kontakt mit mir und hielt einen großen Abstand. Nach einigen Monaten tat mir Lumpi leid und ich erreichte mit diversen Leckereien eine leichte Zuneigung.

Himbeeren

Mein Onkel Hermann hatte einen großen Garten mit Gemüse und vielen Obstbäumen und -sträuchern. Aus dem Obst wurden meistens Marmeladen oder Säfte für den Eigenverbrauch hergestellt.

So wurde eines Tages von den Himbeeren auch Saft gemacht und die ausgepressten Rückstände auf den Misthaufen vor dem Haus geschüttet. Da ich Himbeeren liebte und mich der nun süßliche Duft anlockte, kletterte ich unbemerkt an der abgetrockneten Seite auf den Misthaufen. Ich setzte mich mitten in die ausgeschütteten Himbeerreste und begann, diese genüsslich zu essen.

Nach einer Weile bemerkte ich jedoch, dass diese Reste doch sehr viele Kerne enthielten und nicht so gut schmeckten wie frische Himbeeren. Also stieg ich wieder vom Misthaufen herunter. Ich hatte allerdings verräterische Spuren an den Händen, um den Mund und an den Schuhen, vor allem aber am Hosenboden. Die Hände, Mund und Schuhe wusch ich am Brunnen nahe dem Haus ab, an mein Hinterteil kam ich jedoch nicht heran.

Als mein zwei Jahre älterer Bruder mich so sah, machte er aus Spaß den Vorschlag, die Hose anders anzuziehen, das Äußere nach innen – was ich dann auch tat.

Meine Mutter konnte ich mit dieser Änderung meines Aussehens nicht täuschen und es gab ein paar klärende Worte zum Thema Anziehen. Da ich alle anderen Spuren notdürftig beseitigt hatte, konnte sie sich nicht erklären, wie ausschließlich der Hosenboden so verschmutzt war und stark nach Himbeeren roch. Für sie war aber klar, dass ich mich irgendwie auf dem Misthaufen aufgehalten hatte.

Die Erkenntnis, dass frische Himbeeren besser schmecken als die ausgepressten, habe ich von da an im Gedächtnis behalten.

Am Bach

Unweit vom Bauernhof meines Onkels plätscherte ein kleiner Bach, der uns Kinder magisch anzog, denn es gab immer etwas Neues zu entdecken. Es verging kaum ein Tag, dass nicht einer von uns Jungen in den Bach fiel.

Einmal turnten mein Bruder Karl-Heinz und ich am Zaun an der Bachböschung herum, als dieser plötzlich nachgab und wir wie Fallobst in den Bach stürzten. Als wir dann triefend vor Nässe heimkamen, gab es eine kräftige Standpauke.

Neben Kleintieren wie zum Beispiel kleinen Fischen, Schnecken, Würmern fanden wir den Bachlauf mit den kleinen Staustufen sehr interessant.

Eines Tages durfte unsere jüngere Schwester Marita mit uns an den Bach. Mein Bruder sollte auf sie aufpassen, damit sie nicht in den Bach fiel. Das Aufpassen klappte auch einige Zeit, bis sich Karl-Heinz durch eine zuvor von ihm errichtete kleine Staustufe in fünf Metern Entfernung ablenken ließ. Marita befand sich bei mir direkt am Bachrand, wo dieser sehr niedrig war, und ich zeigte ihr die kleinen Fische. Als sich direkt vor den Füßen meiner Schwester ein Wurm im Wasser rekelte, machte ich sie darauf aufmerksam. Sie beugte sich zu weit nach vorn, verlor das Gleichgewicht und stürzte kopfüber in das flache Wasser. Vor Schreck konnte ich mich nicht bewegen, aber Marita plärrte sehr laut, denn das Wasser war ziemlich kalt. Mein Bruder kam sofort und zog sie aus dem Bach.

Durch Maritas lautes Weinen wurde unsere Mutter aufmerksam, eilte zu uns an den Bach und sah unsere tropfende und zitternde Schwester. Karl-Heinz bekam sogleich ein paar Ohrfeigen, weil er nicht aufgepasst hatte. Ich hatte ein schlechtes Gewissen, da ich an dem Missgeschick nicht ganz unschuldig war. Für einige Tage bekamen wir daraufhin ein Verbot, den Bach aufzusuchen.

Neue Sandalen

Normalerweise war es das Los des Jüngeren, die Sachen des Älteren aufzutragen. Alles, was meinem Bruder zu klein war, landete somit bei mir. Nur mit den Sandalen klappte es in diesem Jahr nicht. Sie waren ausgelatscht und in einem liederlichen Zustand. Aus diesem Grund bekam ich, soweit ich zurückdenken konnte, erstmals neue Sandalen – die ich nicht auszog, auch nicht, als ich mich zum Schlafen ins Bett legte.

Etwa zehn Kilometer von unserem derzeitigen Wohnort entfernt lebte in Rehden mein Onkel Karl, den wir zuvor schon mehrfach besucht hatten. So kam ich auf die Idee, ihn mit meinem Roller, dieser war noch aus Holz und hatte Aluräder, zu besuchen. Ich machte mich also am frühen Morgen nach dem Frühstück, ohne jemandem etwas von meinem Vorhaben zu sagen, auf den Weg. Ich hatte mir die Strecke gut gemerkt bei unseren bisherigen Besuchen und kam somit gut voran. Es gab damals noch keine Radwege, aber auch nicht so viel Verkehr, deshalb begegnete ich nur wenigen Leuten, die mich jedoch neugierig fragten, wo ich hinwollte. Sie gaben sich mit meiner Antwort zufrieden, dass ich auf dem Weg zu meinem Onkel Karl sei.

Als ich nach einigen Stunden sein Haus erreichte, war es verschlossen, niemand von meiner Verwandtschaft war zugegen. Nun wurde mir bewusst, dass sie ja nicht wissen konnten, dass ich kommen würde, denn ich hatte mich nicht angemeldet.

Ich ruhte mich erst einmal auf der Bank vor dem Haus aus und trank später etwas Wasser aus dem Dorfbrunnen, bevor ich mich gegen Mittag auf den Heimweg machte.

Es bemerkte mich niemand, als ich zu Hause ankam. Ich war fix und fertig, sodass ich mich gleich auf den Rasen vorm Haus legte und sofort einschlief. Etwas später wurde ich von meinem Vater unsanft geweckt, denn er wollte wissen, was ich mit den neuen Sandalen angestellt hatte. Ich schaute auf meine Füße und stellte erschrocken fest, dass die Sandale am rechten Fuß sehr mitgenommen aussah und die am anderen Fuß noch neu war. Die Erklärung war recht einfach: Da sich der linke Fuß die ganze Zeit auf dem Roller befand und ich mich mit dem rechten Fuß abgestoßen hatte, kam es zu der unterschiedlichen Abnutzung.

Mir blieb somit nichts anderes übrig, als meinem Vater von meinem ergebnislosen Ausflug zu berichten. Er schüttelte nur den Kopf und ging ins Haus.

Süße Sachen

Auf dem Bauernhof war man überwiegend Selbstversorger. Obst und Gemüse gab es im Garten, Fleisch von Hühnern, Hasen, Gänsen, Ziegen, Schweinen und Jungbullen, ebenso Eier und Milch. Wurst in Dosen und den Schinken stellte man bei der Hausschlachtung her. Schinken und Mettwürste hat man auf dem Dachboden zum Trocknen und Räuchern aufgehängt. Einmal die Woche backte Tante Hanna Brot und den in Norddeutschland weit verbreiteten Zuckerkuchen. An Festtagen gab es manchmal auch einen Streuselkuchen. Gebacken wurden immer mehrere Bleche, denn der Kuchen musste eine Zeit lang halten. War der Kuchen schon etwas älter, stippten wir ihn in den Kaffee. Ich liebte auch diese Variante. Beim Backen des Kuchens duftete das ganze Haus und für mich gab es kein Halten mehr, ich schlich unentwegt im Nahbereich der Küche umher.

Meine Mutter erzählte mir später, dass meine Ohren leuchteten, wenn ich Kuchen roch. Meine Tante merkte recht früh, dass ich ganz wild auf frischen Kuchen war und so bekam ich immer ein Stück vom noch warmen Backwerk.

Eines Tages, wir waren auf Verwandtenbesuch, verpasste ich das Backen. Die Kuchen befanden sich bereits in der Vorratskammer, somit ging ich leer aus. Die Vorratskammer war abgeschlossen, ich wusste jedoch, wo sich der Schlüssel befand.

In der Nacht übermannte mich die Lust auf Zuckerkuchen. Ich schlich mich ins Erdgeschoss, öffnete die Speisekammer und nahm mir ein riesiges Stück Zuckerkuchen. Nun begann ich, den Kuchen ringsherum abzubeißen, bis ich nicht mehr konnte. Zum Schluss war das Kuchenstück rund und nur noch so groß wie ein Teller. Ich legte es auf das Kuchenblech, verschloss die Speisekammer und legte mich schlafen.

Am nächsten Morgen war ich noch so satt, dass ich nicht am Frühstückstisch erschien. Da ich sonst immer der Erste beim Frühstück war, wenn es Kuchen gab, war für meine Tante klar, wer der Übeltäter war. Sie war mir nicht böse, aber der Schlüssel für die Speisekammer wurde ab diesem Zeitpunkt an anderer Stelle aufbewahrt.

Fahrrad und Hund

Ein Jahr später kam ich in die Schule. Da sich diese im Nachbarort befand, musste ich früh aufstehen, weil wir den Weg zu Fuß machten. Meine Freunde und ich brauchten hierfür täglich jeweils eine Stunde hin und zurück.

Eines Tages hatte mein Vater ein altes klappriges Damenfahrrad von einem Bekannten erstanden, mit dem ich zur Schule fahren sollte. Ich hatte bereits auf dem Rad meines Bruders das Fahren gelernt und machte sogleich eine Probefahrt.

Kaum war ich vom Hof meines Onkels Hermann gefahren, lief der große Hund des Nachbars, zwei Häuser weiter, neben mir her und versuchte, in meine Füße zu beißen. Ich hatte panische Angst und trat deshalb schneller in die Pedalen, der Hund lief trotzdem hinter mir her. Doch nach ungefähr hundert Metern blieb er plötzlich stehen und lief zurück.

Jedes Mal, wenn ich mit dem Fahrrad fuhr, war der Hund zur Stelle, vermutlich hörte und erkannte er mich an dem Klappern des Rades. Ich war von dem Hund derart genervt, dass mein Vater mit dem Hundebesitzer redete. Das half leider nichts, denn nach wenigen Tagen verfolgte mich der Hund erneut. So griff ich zur Selbsthilfe und fuhr mit dem Rad gerade so schnell, dass der Hund etwa einen Meter hinter mir lief. Dann trat ich blitzschnell die Rückbremse, woraufhin der Hund an mein Hinterrad knallte. Der Hund jaulte kurz auf, hatte sich wohl sehr erschrocken, aber an dem Gummireifen nicht verletzt.

Dieses Erlebnis hat der Hund nicht vergessen, denn von diesem Tag an machte er einen großen Bogen um mich, wenn er mein Fahrrad hörte und mich sah. Man sagt ja, dass Elefanten ein gutes Gedächtnis haben, hier war es der Hund, der durch ein Erlebnis nichts vergaß.

Maikäfer

Im Frühjahr sammelten wir Maikäfer oder Engerlinge. In dieser Zeit wurden die Käfer als Schädlinge betrachtet und es gab zum Anreiz etwas Geld. Einige Maikäfer behielt ich zurück und setzte sie in einen Schuhkarton. Als Futter gab es jeden Tag frische junge Blätter. Zur Belüftung machte ich mit einem Bleistift Löcher in den Kartondeckel. Tagsüber versteckte ich den Karton in der Scheune und nachts schob ich ihn unter mein Bett.

Manchmal tauschten wir die Maikäfer mit Freunden. Es gab die Müller mit hellem Bauch und die Schornsteinfeger mit schwarzem Bauch.

Im Dorf lebte ein Mann, der keine Kinder mochte, er verscheuchte uns, wenn wir in die Nähe seines Hauses kamen. Die älteren Kinder meinten, dass wir ihm einen Streich spielen sollten. So warfen wir jeden Tag einige Maikäfer in seinen Hühnerstall und die Hühner stürzten sich sofort darauf. Ich wusste damals jedoch nicht, wenn die Hühner Maikäfer fressen, dass die Eier ungenießbar sind. An einem Tag bemerkte uns der Kinderschreck bei der Hühnerfütterung, aber er erwischte keinen von uns. Von da an mieden wir seinen Hühnerstall. Nach zwei Tagen erholten sich die Hühner und die Eier schmeckten wieder. Nach einiger Zeit wagten wir uns erneut in die Nähe des Hauses, aber zu unserer Überraschung verscheuchte uns der Mann nicht mehr.

Heute sind Maikäfer eher selten und kommen in manchen Gegenden überhaupt nicht mehr vor, vermutlich eine Ursache der Umweltverschmutzung.

Bucheckern

Im Herbst sammelten wir im Auftrag der Forstverwaltung Kastanien und Bucheckern, die zur Wildfütterung dienten. Bucheckern wurden zudem zur Herstellung von Öl verwendet. Teilweise gab es für das Sammeln Geld und Süßigkeiten.

Bei trockener Witterung ging ich mit Freunden nach der Schule in den nahen Wald oberhalb des Ortes. Wir kannten eine Stelle am Waldrand, an der einige mächtige Buchen standen. Hier hatte man außerdem einen guten Ausblick über das Tal, in dem unser Dorf lag.

Die dreieckigen Bucheckern befinden sich in einer Kapsel. Wenn sie reif sind und vom Baum fallen, können die Kapseln aufplatzen und die Bucheckern sich auf dem Boden verteilen.

Wir sammelten zuerst die einzelnen Bucheckern in unsere mitgebrachten Körbe. Danach sammelten wir auch die sich bereits leicht geöffneten Bucheckern-Kapseln auf und entnahmen die Früchte. Die Forstverwaltung nahm die Bucheckern nur ohne die Kapseln an.

Eines Tages, als die Körbe bereits gut gefüllt waren, kamen zwei gestreifte Frischlinge aus dem Wald auf uns zu. Vermutlich kannten auch sie die Stelle mit den leckeren Bucheckern. Wir schauten uns verblüfft an, denn dort, wo Frischlinge sind, ist unweit auch die Wildsau. Von meinem Vater wusste ich, dass die Wildsau sehr gefährlich ist, wenn sie ihre Jungen bedroht fühlt. Wir verließen überhastet, ohne unsere Körbe mitzunehmen, die Stelle und beobachteten aus sicherer Entfernung, was nun passierte. Tatsächlich kam auch die Wildsau aus dem Wald und sie leerte gemeinsam mit ihren Jungen genüsslich unsere Körbe.

Nach einiger Zeit kehrten die Wildschweine in den Wald zurück und wir holten unsere leeren Körbe. Zum nochmaligen Sammeln hatte niemand mehr Lust und wir gingen ins Dorf zurück.

Schlachtfest

In der Winterzeit wurden bei den Bauern die Schweine geschlachtet. Es war dann fast an jedem Wochenende ein Schlachtfest, denn es gab nicht so viele Hausschlachter im Dorf. Auch mein Vater war solch ein Hausschlachter, der an einem Wochenende bis zu zwei Schweine schlachtete und zu Kesselfleisch und Wurst verarbeitete. Im Dorf wusste man immer, wo gerade geschlachtet wurde, denn es gab am Nachmittag meistens eine leckere Brühe. Diese war besonders gut, wenn im Kessel eine Wurst platzte. Ich wurde dann mit einer Milchkanne losgeschickt, um die kostenlose Brühe zu holen. Karl-Heinz half zu dieser Zeit beim Schlachten und musste für die Blutwurst das noch warme Blut rühren, damit es nicht stockte.

Die Schlachter machten sich einen Spaß daraus, uns kleineren Kinder zu veräppeln. So musste ich einmal bei einem bereits toten Schwein den Schwanz halten, weil es angeblich das Schwein beruhigte.

Ein anderes Mal wurde ich mit einem kleinen Rucksack zu einem anderen Bauern geschickt, um einen „Kümmelspalter" zu holen. Als ich dort ankam und dem Bauern den Wunsch äußerte, musste ich einige Zeit im Hausflur warten.

Kurz darauf kam der Bauer mit dem gefüllten Rucksack und half mir, ihn zu schultern. Ich wunderte mich zwar, dass der „Kümmelspalter" bei solch kleinen Gewürzen so schwer war, ging aber, ohne mir weitere Gedanken zu machen, nach Hause.

Dort angekommen musste ich den Rucksack auspacken, dabei standen alle um mich herum und schauten mir zu. Zu meiner Verblüffung hatte mir der Bauer zwei Ziegelsteine in Zeitungspapier eingepackt. Vermutlich war meine Verwirrung an meinem Gesicht erkennbar und alle lachten. Als kleinen Trost hatte mir die Bäuerin jedoch ein kleine Tafel Schokolade dazugesteckt, so war ich etwas von der Schadenfreude abgelenkt.

Blaue Zöpfe

In den kleineren Orten bestand die Dorfschule meistens nur aus einer Klasse. In dieser waren Kinder aller Altersklassen untergebracht. Wie die Schulklassen damals ausgeschaut haben, kann man heute noch in diversen Heimatmuseen anschauen.

Meine ersten Schuljahre verbrachte ich auch in solch einer gemischten Klasse und ich muss den Lehrern ein großes Lob aussprechen, wie sie diese sehr unterschiedlichen Anforderungen gelöst haben. So mussten zum Beispiel die Kleineren mit Aufgaben beschäftigt werden, während der Lehrer bei den Größeren das Gelernte abfragte.

Eines Tages war es mir jedoch zu langweilig und ich schaute zuerst aus dem Fenster, dann machte ich etwas Dummes. In jedem der Schultische befand sich oberhalb eine Mulde, in der man die Bleistifte und den Federhalter ablegen konnte. In der Mitte war ein Tintenfass integriert. In der Schulbank vor mir saß ein Mädchen in einer weißen Bluse mit langen blonden Zöpfen, mit denen sie ab und zu meine Bleistifte zu Boden warf, wenn sie ihren Kopf drehte. Ich nahm einen Zopf und legte ihn mit den Spitzen in das Tintenfass, legte den Zopf jedoch oben auf der Bank ab. Beim zweiten Zopf hatte ich das gerade beendet, als das Mädchen etwas bemerkte und sich zu mir umdrehte. Dabei fielen die Zöpfe auf ihre Bluse, die natürlich Flecken bekam. Weil ich davon ebenso überrascht war, schaute ich das Mädchen verdattert an. Nun wurde der Lehrer aufmerksam. Als er die Bescherung sah, gab es für mich etwas mit dem Stock auf die Finger. Schläge mit dem Stock, an den Haaren zupfen oder Kneifen waren damals noch üblich. Den Rest des Schultages verbrachte ich vor der Klassentür.

Als ich nach Hause kam, beichtete ich meiner Mutter meine Tat. Da sie wusste, dass ich bereits vom Lehrer meine Strafe bekommen hatte, war sie erstaunlich ruhig und sagte, dass sie sich um die verschmutzte Bluse des Mädchens kümmern würde.

Schulspeise

In Hildesheim fanden wir eine Bleibe in dem teilweise zerbombten Kloster St. Michael. Dort hatte mein Vater einen nicht zerstörten Gebäudeteil so hergerichtet, dass wir im Erdgeschoss einige Zimmer beziehen konnten. Weil das Dach fehlte, wurde der Boden über unseren Räumen mit einer Teerschicht versehen. Wenn es allerdings stark regnete, fand das Wasser immer einen Weg durch das Mauerwerk und wir mussten Eimer und Schüsseln aufstellen, um das Wasser aufzufangen.

Im Winter hatte mein Vater als Maurerpolier keine Arbeit auf dem Bau und Schlechtwettergeld gab es zu dieser Zeit noch nicht. So wurden im Winter Schuhe repariert, denn Schuhmacher waren rar.

Meine Mutter verdiente Geld hinzu, indem sie in jeder freien Minute Steine der Ruine vom Mörtel befreite und diese zu einem Turm von 1.000 Stück aufschichtete. Wenn mehrere Türme gestapelt waren, wurden die Steine abgeholt und es gab Geld. Wir bemerkten dies daran, dass es auch mal Fleisch gab.

Die Schule in Hildesheim war erheblich besser als die Dorfschule. Es gab für jede Altersstufe eine Klasse und für die Fächer mehrere Lehrer. Weil wir uns nach dem Krieg in der amerikanischen Besatzungszone befanden, ging es uns Schülern recht gut. Die Amis unterstützten uns täglich mit Milch und Obst und freitags gab es zusätzlich eine runde Tafel Schokolade. Somit war es selbstverständlich, dass an diesem Tag kein Schüler fehlte.

In unserem Fünf-Personen-Haushalt und bei ständigem Geldmangel bestand mein Schulbrot meistens nur aus einem Schmalzbrot. Wurst oder Käse gab es sehr selten. Das Schmalz, das meine

Mutter selbst machte, schmeckte jedoch sehr gut. Das fand auch einer meiner besser gestellten Mitschüler, mit dem ich öfters mein Schulbrot tauschte und dadurch an Wurst oder Käse kam. Ein anderer Mitschüler hatte auf seinem Brot sehr oft den stark riechenden Harzer Roller. Wir nannten ihn deshalb „Käse". Mit ihm habe ich nur einmal das Brot getauscht, denn sein Käsebrot war nicht mein Fall.

Knöpfe

Für uns Kinder war das Leben in der Ruine wie auf einem Abenteuerplatz und täglich entdeckten wir etwas Neues. Nachdem in unserer Abwesenheit in der Wohnung eingebrochen wurde, schafften wir uns einen Hund an. Die Promenadenmischung hatte mein Vater aus der Tierauffangstation mitgebracht. Unser Hund Polka war sehr lebendig und gelehrig. Er hielt sich meist bei uns Kindern auf und war natürlich dabei, wenn wir durch die Ruine streiften. Manchmal half er uns auch beim Graben, wenn wir nach einem „Schatz" suchten.

So fand ich eines Tages einen Karton mit vielen, aus Papier gepressten Knöpfen in unterschiedlichen Farben. Meinen Fund hütete ich mehrere Tage und verbarg ihn unter meinem Bett. Ich überlegte, wie ich ihn zu Geld machen konnte.

Unweit der Ruine befand sich ein Tante-Emma-Laden, der von einer älteren und freundlichen Besitzerin geführt wurde. Ihr zeigte ich meinen „Schatz" und fragte sie, ob sie meine Knöpfe im Laden anbieten könnte. Vermutlich war ich so überzeugend, dass sie mich nicht enttäuschen wollte und die Knöpfe neben ihre Kasse zum Verkauf ausstellte. Vor lauter Neugierde war ich bereits am nächsten Tag wieder im Laden und fragte, ob jemand Knöpfe gekauft hatte – leider nicht, sagte die Besitzerin. Ich ließ zwei Tage verstreichen, um nochmals nachzufragen, aber auch da war nichts verkauft. Zum Trost bekam ich ein Bonbon geschenkt. Nun ließ ich eine Woche verstreichen, um mich erneut zu erkundigen, aber es wurde nichts verkauft. Die Besitzerin des Ladens sah meine Enttäuschung und zeigte mir einen neuen Knopf aus Kunststoff und meinte, dass meine

Knöpfe wohl keiner mehr kaufte, weil sie beim Waschen zu schnell kaputtgehen würden.

Ich nahm daraufhin meine Knöpfe wieder mit nachhause und schenkte sie meiner Schwester, die daraus kleine bunte Halsketten für ihre Mitschülerinnen bastelte. So haben die Knöpfe dennoch etwas Nützliches gebracht. Im frühen Kindesalter zeigte ich da bereits einen gewissen Geschäftssinn.

Unser Polka

Unser Hund Polka bekam seinen Namen von meiner Mutter, vermutlich aus dem Grund, weil er so lebhaft war und sich immer um die eigene Achse drehte, wenn er sich freute. Er war sehr auf mich fixiert und ich brachte ihm einige Kunststücke bei. So konnte er einen kleinen Ball in der Luft fangen, wenn ich ihm diesen zuwarf. Wenn er aus dem Haus wollte, machte er die Türen mit der Vorderpfote auf, indem er auf die Klinke sprang.

Eines Tages, als ich von der Schule kam, lief mir Polka schon entgegen und blieb vor mir stehen. Er hatte etwas im Maul. Als würde ich mit ihm Ball spielen, hielt ich meine Hand vor sein Maul und er ließ ein Hühnerei hineinfallen. Zu meinem Erstaunen war das Ei nicht beschädigt. Ich konnte mir denken, wo er das Ei herhatte, denn in der Nähe gab es einen Freizeitgärtner mit vierzig Hühnern, die frei herumlaufen konnten. Vermutlich hatte Polka ein Nest außerhalb des Grundstückes gefunden und meinte, der Inhalt seien kleine Bälle zum Spielen. Ich lobte unseren Hund und so kam es, dass wir fast täglich ein Ei geliefert bekamen.

Zwei Tage vor Weihnachten kaufte meine Mutter einen anderthalb Kilo schweren Braten für die Feiertage, legte diesen in eine Schüssel und stellte sie, weil wir keine Kühlung hatten, auf den Nachtschrank im kühlen Elternschlafzimmer. Uns Kindern bläute sie ein, dass die Tür wegen dem Hund immer verschlossen sein musste. Das stellte für uns kein Problem dar, was sollten wir auch im Elternschlafzimmer. Am Heiligabend wollte meine Mutter den Braten zubereiten. Als sie ins Schlafzimmer kam, war zu ihrem Erstaunen die Schüssel leer. Der Verdacht fiel sofort auf Polka, die buchstäblich den Braten wohl gerochen hatte. Aber wie konnte der Hund die verschlossene Tür öffnen? Es gab nur eine Erklärung: Es hatte jemand vergessen, die Tür abzuschließen. So konnte Polka die Tür leicht öffnen. Als wir Polka sahen, trauten wir unseren Augen nicht. Sein Bauch berührte fast den Boden, er hatte also nichts von den anderthalb Kilo übriggelassen. Wir hatten somit keinen Weihnachtsbraten, aber unserem Hund ging es gut und er hatte auch zwei Tage keinen Hunger.

Erbsentrick

Spielzeug war in meiner Kinderzeit Mangelware oder zu teuer. Wir beschäftigten uns anders als in der heutigen Zeit.

So wurden leere Konservendosen in Verbindung mit einer Schnur zu Laufstelzen. Damit veranstalteten wir Wettrennen. Mit den Dosen bastelten wir auch Telefone, wobei die Dosen gleichzeitig Mikrofon und Hörer waren. Die Schnur zwischen den Dosen musste gespannt sein, sonst funktionierte es nicht.

Wenn wir nicht in unserer Ruine unterwegs waren, spielten wir mit Murmeln – die einfachen waren aus Ton, später aus Glas –, die wir in Richtung einer Wand warfen. Wer seine am nächsten zur Mauer platzieren konnte, hatte gewonnen und bekam alle Murmeln.

Als Ballersatz hatten wir ein aus Stoffresten und Tüchern zusammengeknotetes rundes Teil. Ich erinnere mich immer daran, wenn ich im TV spielende Kinder aus den Armenvierteln in Drittländern sehe, die auch heute noch mit so etwas Fußball spielen.

Mein Vater hatte zum Wäschetrocknen einen starken Draht zwischen zwei Bäume gespannt. Wir benutzten diesen, wenn keine Wäsche daran hing, zum Turnen. Eigentlich sollte immer nur ein Kind am Drahtseil hängen, aber wir hörten nicht immer auf die Ratschläge der Eltern. So riss das Seil, als zwei Personen gleichzeitig daran hingen, und wir fielen zu Boden. Es hatte sich keiner ernsthaft verletzt, weil der Boden aus dichtem Gras bestand.

Wenn das Wetter schlecht war, spielten wir im Haus mit Karten oder malten. Eines Tages kam mein Bruder zu uns an den Tisch und zeigte auf seine Nase, dann schnaubte er kräftig und aus den beiden

Nasenlöchern kam je eine Erbse – wir lachten über diesen Trick. Karl-Heinz drehte sich um und steckte die Erbsen, ohne dass wir das sahen, wieder in die Nasenlöcher. Er wandte sich erneut zu uns und schnaubte die Erbsen wieder raus – dieses Spiel wiederholte er einige Male. Vermutlich quollen die Erbsen durch die Feuchtigkeit in der Nase langsam auf und so kam es, wie es kommen musste: Eine Erbse kam nicht mehr zum Vorschein. Mein Bruder versuchte, die Erbse mit einer Stricknadel herauszubekommen, aber er machte es wohl schlimmer, weil die Erbse durch das Herumstochern noch tiefer in die Nase gelangte. Etwas später wandte sich Karl-Heinz an meine Mutter. Sie konnte ihm jedoch auch nicht helfen, da die Erbse noch mehr gequollen war und jetzt richtig festsaß. Letztendlich musste die Erbse im Krankenhaus entfernt werden.

Fundstücke

Die Ruinen und Trümmergrundstücke waren für uns Kinder die wahren Fundgruben für Altmetall. Wir sammelten Kupfer aus Elektroleitungen, Blei von Wasserrohren, die vor dem Krieg, wegen der einfachen Verlegung, trotz seiner Giftigkeit verbaut wurden, und sonstige Metalle, die in den Haushalten der zerbombten Häuser verwendet wurden. Manche Teile schauten teilweise aus dem Schutt heraus, bei anderen haben wir gegraben. Ein besonderes Augenmerk legten wir dabei auf Grundstücke, die tagsüber von Schutt befreit worden waren. Sobald das Räumkommando Feierabend hatte, befand sich das Grundstück in unserer Hand.

Unsere Fundsachen haben wir gegen Bares bei der Verwertungsstelle abgegeben.

Einmal ging mein Freund über ein ungeräumtes Grundstück und fand einen Kaffeelöffel, den er leicht hin und her bog, um festzustellen, um welches Metall es sich dabei handelte. Er meinte dann, dass der Löffel aus Aluminium sei und warf ihn weg. Beim Aufschlag hörte ich einen hellen metallischen Ton und mir war klar, dass es sich nicht um Alu handelte. Ich nahm den verschmutzten Löffel mit nach Hause und befreite ihn von der Patina. Es stellte sich heraus, dass der Löffel aus 750er Silber, der Hersteller H. Dörbrandt war und die Initialen JF trug.

Die nächsten Tage suchte ich den Fundort sehr intensiv ab, denn ich vermutete, noch weitere Teile des Besteckes zu finden – aber vergebens. Auch als das Grundstück vom Schutt befreit worden war, schaute ich jeden Tag nach, jedoch ohne Erfolg. Uns war es damals nicht möglich, einen Besitzer ausfindig zu machen, deshalb behielt ich den Löffel als Andenken aus dieser Zeit und er ist noch heute in meinem Besitz.

St. Michael

Altmetall zu sammeln, war unsere hauptsächliche Freizeittätigkeit zu Beginn der 50er-Jahre, denn ein Taschengeld, wie es heute üblich ist, hatten nur Kinder von Bessergestellten.

Auch mein Bruder war der Sammelleidenschaft verfallen, nur waren seine Fundstellen von anderer Art. Dem damaligen Kloster war ein Friedhof angegliedert. Er wurde im Krieg durch Bomben völlig zerstört. Um den ehemaligen Friedhof kümmerte sich niemand, denn es gab zu dieser Zeit andere, vorrangigere Aufgaben. Zerstörte metallische Gegenstände, wie zum Beispiel gusseiserne Gitter von Grabumrandungen, kupferne Grabbeschriftungen und diverse Gefäße, gehörten zu den Sammelobjekten meines Bruders. Verkaufen konnte man jedoch nur die beschädigten und unkenntlichen Beschriftungen.

In der zerstörten Kapelle des Klosters gab es in ungefähr drei Metern Höhe eine Nische, die mit Kupferblech ausgekleidet war. Davor stand eine unbeschädigte Statue vom heiligen St. Michael. Vermutlich war Karl-Heinz diese Statue schon zuvor aufgefallen, nur die Höhe hielt ihn davon ab, dort etwas abzumontieren. Er bat mich, ihm beim Tragen einer Leiter zu helfen. Auf meine Frage erklärte er mir sein Vorhaben. Als unsere Eltern einmal nicht zu Hause waren, holten wir die Leiter und diverse Werkzeuge aus dem Schuppen und begaben uns damit in die Kapelle. Mein Bruder stieg auf die Leiter, ich stand unten und sicherte sie. Er entfernte einige Kupferbleche aus der Nische und reichte sie mir nach unten. Alle Bleche konnte er nicht entfernen und die Statue war ja unverkäuflich. So war unsere Aktion nach kurzer Zeit beendet.

Einige Tage später stand in der Zeitung, dass Unbekannte den heiligen St. Michael ausgezogen hätten. Unsere Eltern fragten uns, ob wir etwas gesehen hätten, was wir natürlich verneinten. Vom schlechten Gewissen geplagt legte Karl-Heinz die Kupferbleche, die er zum Glück noch nicht verkauft hatte, in einer Nacht-und-Nebel-Aktion beim Küster vor die Tür. Unser Vorteil war außerdem, dass zu diesem Zeitpunkt noch keine Polizei eingeschaltet war. So stand daraufhin in der Zeitung, dass ein reuiger Sünder alles zurückgebracht habe.

Sammlerorganisation

Altmetalle wurden von vielen Kindern in unserer Umgebung gesammelt. Wir sammelten alles, was nach Metall aussah oder entsprechend schwer war. Für Kupfer und Blei gab es bei der Verwertungsstelle am meisten Geld, gefolgt von Zink (Regenrinnen) und Aluminium (daraus waren viele Haushaltsgegenstände), und am wenigsten gab es für Eisen und Blech.

Auf vielen Trümmergrundstücken fand man beim Ausgraben auch Kriegsrückstände wie Bomben. Dann wurde alles abgesperrt, weil eine Bombe entschärft werden musste. Über die Gefahren, die im Untergrund eventuell auf uns warteten, waren wir uns durchaus bewusst.

Eines Tages, als ich wieder einen Schatz zur Verwertungsstelle brachte und ein großes Alu-Teil dabei war, wurde ich vom Personal aufgefordert, sofort meinen Fund liegen zu lassen und mich in Sicherheit zu bringen. Ich verstand erst nichts, doch dann wurde ich aufgeklärt, dass das große Alu-Teil eine Brandbombe war, die ich da zum ersten Mal zu sehen bekam. Zum Glück war die Brandbombe nicht mehr gefährlich und konnte so gesondert entsorgt werden. Vom Personal erhielt ich den Rat, dass ich mich den älteren Suchern anschließen sollte. So entstand eine Sammlerorganisation.

Unsere Altmetalle übergaben wir den Älteren, von denen bekamen wir das Geld und sie brachten es dann zur Verwertungsstelle. Ab und zu fragte ich bei der Verwertungsstelle nach den Preisen für Altmetall, denn wir bekamen nur 75 % vom Verkaufserlös und man konnte nicht allen Älteren trauen. Schnell erkannte ich, dass man mehr Geld verdiente, wenn andere für einen sammeln. Mit der Zeit sammelte erst einer, dann zwei Jüngere auch für mich. Von dem Geld kaufte ich mir Süßigkeiten, Gebäck oder Limonade und jede Woche den neuesten „Akim", einen der ersten Comics, ähnlich wie „Tarzan"; später kam dann noch etwas Ähnliches wie „Prinz Eisenherz" dazu.

Da ich damals schon geschäftstüchtig war, verkaufte ich die Comics weiter, nachdem ich sie gelesen hatte. Hätte ich die Comics behalten, wären sie heute ein kleines Vermögen wert.

Radfahren

Heutzutage haben Kinder Unmengen von unnützen und stupiden Spielsachen. Die kreativen und nützlichen sind leider in der Minderzahl. Geliebt und gekauft werden Spielsachen und Elektronikgeräte zum Kämpfen und Rumballern. Eltern und Großeltern sind oft überfordert, geben aber dem Drängeln der Kinder meist nach.

Wenn überhaupt, hatten wir nur selbstgemachte Spielsachen aus Holz oder Stoffresten. Es war auch eine Kostenfrage. So hatten wir einen Ball zum Spielen, der aus mehreren Stoffresten zusammengeknotet war, das tat dem Spielspaß keinen Abbruch.

Ein Fahrrad für Kinder konnten sich unsere Eltern nicht leisten, wir hatten ein altes Herrenrad vom Altwarenhändler zum Lernen. Unsere Beine waren noch zu kurz, um auf dem Sattel sitzend zu fahren. Deshalb ignorierten wir die obere Stange und traten mit dem rechten Fuß darunter auf die Pedale. In leichter Schieflage sind wir dann gefahren. Nur beim Bremsen hatte ich meine Schwierigkeiten, denn das Fahrrad hatte keine Rücktrittbremse und meine Hände waren zu klein, um die Handbremse am Lenkrad zu ergreifen.

Als ich wieder mal mit dem Fahrrad unterwegs war, sah ich vor mir eine Gruppe singender Nonnen. Von Weitem rief ich schon, dass ich nicht bremsen könne, aber die Nonnen hörten mich nicht. So kam es, wie es kommen musste, ich fuhr in die Gruppe. Da ich nicht sehr schnell war, haben mich die Nonnen stoppen können. Zum Glück wurde niemand ernsthaft verletzt.

Mein Bruder konnte schon besser fahren. Er liebte die Fahrt von einem Hochweg über eine Absenke zum anderen Hochweg, hierzu musste man anfangs jedoch kräftig in die Pedalen treten, um auf der anderen Seite überhaupt hochzukommen. Eines Tages wurde in der Absenke eine Barriere errichtet, sodass man nur versetzt hindurch kam. Karl-Heinz las natürlich nicht die aufgestellten Hinweisschilder und fuhr wieder seine Lieblingsstrecke. Er erkannte die Absperrung zu spät und krachte in das Holzgerüst. Mein Bruder flog dabei darüber und landete zum Glück in einem Gebüsch. Außer ein paar blauen Flecken überstand er dies gut, nur das Fahrrad hatte Totalschaden, der bei unserem Vater keine Begeisterungsstürme auslöste. Danach hatten wir eine längere fahrradlose Zeit.

Baumklettern

Jede freie Minute verbrachten wir draußen in der Natur, ob in unserem Baumhaus im nahen Klostergelände, im angrenzenden Wald oder im unerlaubten Klostergarten.

Der von den Mönchen betreute Klostergarten zog uns magisch an, denn dort gab es Obst vom Frühjahr bis in den späten Herbst. Besonders Erdbeeren und Kirschen waren für uns unwiderstehlich. Wir mussten jedoch sicher sein, dass sich kein Mönch im Garten aufhielt, hierzu legten wir uns auf der Gartenbegrenzungsmauer auf die Lauer. Der Weg dorthin war nicht ungefährlich, denn wir mussten vorher auf dem Bauch liegend unter einer freien Stromleitung hindurchkriechen. War die Luft rein, kletterten wir am Kirschbaum, der sehr nahe an der Mauer stand, herunter und pflückten die köstlichen Erdbeeren. Waren die Kirschen reif, konnten wir diese von der Mauer aus ernten. Einer von uns stand immer Schmiere und warnte uns, wenn ein Mönch den Garten betrat. Unsere Beute verzehrten wir später im Baumhaus, manchmal hatten wir sogar einen kleinen Vorrat.

Eines Tages hatte uns ein Mönch vorher beobachtet, sich direkt unter dem Kirschbaum versteckt und überraschte uns beim Kirschenklau. Er versuchte mit dem gekrümmten Teil eines Spazierstockes, uns an den Füßen zu erwischen. Er hatte aber kein Glück, denn wir waren zwar sehr erschrocken, konnten jedoch in den oberen Teil des Baumes flüchten und über die Mauer verschwinden. Wir mieden für einige Zeit den Klostergarten und unsere Kirschernte war damit zu Ende.

Wir verlagerten unsere Aktivitäten nun in den nahen Wald und versuchten, diverse Bäume zu erklettern. An einem Weg standen vereinzelnd junge Pappeln mit vielen Ästen, die meine Schwester und ich leicht erklettern konnten. Als unser Bruder den Baum hinaufklettern wollte, auf dem wir bereits saßen, gelang ihm dies nicht, denn durch sein Gewicht brach er viele Äste ab. Für uns gab es nun ein Problem, wir konnten den Baum nicht mehr verlassen. Karl-Heinz konnte unseren Vater nicht gleich erreichen, da er an der Arbeit war. So mussten wir lange warten, bis er mit einer Leiter kam und uns aus der misslichen Lage befreite. Pappeln waren von da an für mich tabu.

Kinder allein zu Hause

Bei schlechtem Wetter und im Winter spielten wir meistens im überdachten Hausvorbau oder im Haus. Ich beschäftigte mich oft mit dem Schnitzen von Holz für ein Spielzeug. Marita malte mit Kreide Vierecke auf den Boden und hüpfte darin herum und mein Bruder versuchte zum x-ten Mal, einen Haselnussstock zu einem Bogen zu biegen, um eine Schnur daran zu befestigen. Manchmal waren auch Freunde da und wir spielten Verstecken oder mit Stöcken, die wir als Schwertersatz benutzten.

Einmal, als meine Eltern und Karl-Heinz nicht zu Hause waren, spielten wir auch Verstecken. Auf dem Flur stand ein leerer Kleiderschrank, den unser Vater kürzlich auf dem Gebrauchtmöbelmarkt erstanden hatte. Mit einem Fallriegel an der mittleren Trennwand konnte man gleichzeitig beide Türen absperren. Meine Schwester versteckte sich auf der einen Seite und ich auf der anderen im Schrank. Unbemerkt war dabei der Fallriegel heruntergefallen und hatte uns eingesperrt. Wir verhielten uns ganz still, als die suchenden Kinder in der Nähe waren. Sie sahen auch nicht im Schrank nach uns, denn der Riegel war ja unten und die Türen waren versperrt, somit war eigentlich klar, dass niemand im Schrank sein konnte. Nach einiger Zeit hörten wir die suchenden Kinder nicht mehr. Als wir den Schrank verlassen wollten, merkten wir, dass wir darin gefangen waren. In unserer Verzweiflung versuchten wir, durch lautes Rufen auf uns aufmerksam zu machen, aber vermutlich hatten die Kinder die Suche aufgegeben und waren nach Hause gegangen. In meinem Kopf kreisten die wildesten Gedanken, wenn man uns nicht finden würde. Marita begann zu heulen und ich versuchte, sie zu beruhigen, obwohl es mir auch nicht viel besser ging.

Nach etwa zwei Stunden kamen unsere Eltern zurück und konnten uns befreien. Ich flunkerte meine Eltern an und sagte ihnen, dass wir Verstecken gespielt und die anderen Kinder uns dabei in den Schrank eingesperrt hätten. Mein Vater war fassungslos über das Geschehen und wollte die Namen der anderen Kinder wissen, um sich bei deren Eltern zu beschweren. Ich bekam nun ein schlechtes Gewissen und rückte mit der Wahrheit heraus. Unsere Mutter, die immer noch meine Schwester tröstete, verteidigte mich, so bekam ich dieses Mal keine Ohrfeigen.

Glockengestell

Die Glockentürme der Michaeliskirche waren durch Bomben derart beschädigt worden, dass vorerst keine Glocken darin aufgehängt werden konnten. Um aber zum Gottesdienst, zu Taufen etc. zu läuten, war vor der Kirche ein stabiles Gestell mit fünf Glocken aufgestellt worden. Jede Glocke hatte ein Seil, sodass der Küster diese per Hand bedienen konnte. Danach wurden die Seile hochgebunden, um unbefugtes Läuten zu verhindern.

Diese Glocken zogen uns an wie ein Magnet. Wir versuchten immer wieder, der Glocke einen Ton zu entlocken, dabei mussten wir aufpassen, dass uns der Küster nicht erwischte. Einmal schoss mein Bruder mit seiner Zwille und einer Murmel auf eine der Glocken, aber das Ergebnis war nicht überwältigend. Manchmal verfehlten seine Geschosse die Glocken und trafen die Kirchenfenster, die jedoch nicht zu Bruch gingen, aber ein kleines Loch aufwiesen. In der Nähe des Glockengestells gab es ein Gebüsch, es diente uns als Deckung, wenn wir uns zur Beobachtung heranpirschten, um zu sehen, ob der Küster wieder auf der Lauer lag. Mit der Zeit hatten wir herausgefunden, dass der Küster regelmäßig um 19 Uhr zu Abend aß, das war unsere Gelegenheit.

Karl-Heinz nahm mich auf die Schulter und trat unter die größte Glocke, denn bei dieser hing der Glockenschlegel am tiefsten. Ich begann, diesen hin und her zu bewegen. Als der erste Ton erklang, gab ich dem Schlegel noch einen Schubs, damit es weiter läutete. Sofort danach sprang ich von den Schultern meines Bruders und wir machten uns durchs Gebüsch davon. Der Küster erwischte uns nicht, weil er zu spät am Ort des Geschehens war.

Deshalb lag er dann die nächsten Tage in der Nähe auf der Lauer, was wir in der Deckung des Gebüsches ausspähen konnten. Als er dann seinen Posten verließ, befestigten wir eine lange Schnur an dem Schlegel und versteckten uns erneut im Gebüsch. Von dort aus bewegten wir die Schnur hin und her und damit den Schlegel, sodass die Glocke läutete. Sehr schnell war der Küster am Glockengestell, sah aber niemanden und auch nicht unser Seil, weil es bereits dunkel war. Wir beendeten sofort das Läuten und warteten, bis der Küster wieder im Pfarrhaus verschwand, dann läuteten wir abermals. Wir hatten einen Heidenspaß, aber der Küster war sichtlich genervt. Als er jedoch in die Nähe unseres Versteckes kam, machten wir uns, ohne uns um das Seil zu kümmern, aus dem Staub.

Dem Küster war klar, warum er uns nicht hatte erwischen können, als er am nächsten Morgen unser Seil an der Glocke sah.

Kinder-Banden

Für uns waren kurze Lederhosen das Optimalste, denn was wir Rasselbande alles anstellten, da hielt eine Stoffhose nur wenige Wochen und musste ständig gewaschen werden. Wenn Karl-Heinz eine neue Lederhose bekam, erhielt ich seine alte und Marita meine, so war es geregelt. Weggeworfen wurde etwas erst, wenn es nicht mehr zu reparieren war.

Zu Hause gab es hin und wieder auch Streit zwischen uns, aber draußen waren wir eine Einheit, jeder war für den anderen da. In unserer Umgebung gab es in fast jeder Straße eine Kinderbande, die sich manchmal auch eine Straßenschlacht lieferten und mit Stöcken aufeinander losgingen.

Alles war mehr oder weniger nur ein Spiel, ernsthafte Verletzungen gab es dabei nicht.

Holunderbüsche lieferten das Holz für die Stöcke oder auch Keulen, die gab es zur Genüge auf den Trümmergrundstücken. Unser Treffpunkt war gleichzeitig auch unser Versteck, auch der befand sich im Gebüsch. Dort gab es Sitzplätze aus Ziegelsteinen und eine Feuerstelle, auch unsere Holzwaffen stellten wir dort her. Manchmal wurde das Versteck in unserer Abwesenheit zerstört, dann nahmen wir Rache und zerstörten deren Versteck.

Einmal hatten wir uns vertan und ein Versteck einer unbeteiligten Bande zerstört. Danach gab es eine heftige Auseinandersetzung und wir mussten alle unsere Waffen abgeben. Später trafen wir auf die eigentlichen Täter, dabei lästerte einer von ihnen über meine stark abstehenden Ohren. Da ich hierauf sehr empfindlich reagierte, gab ich ihm eine kräftige Ohrfeige, woraufhin er sich die Nase putzen musste. Nun passierte etwas Unglaubliches: Mit dem Schnäuzen pustete er sein oberes Augenlid derart auf, sodass es das gesamte Auge überdeckte. Alle standen da wie gelähmt, auch ich war erschrocken, fasste mich aber schnell und fragte alle, ob noch jemand über meine Ohren lästern wolle. Keiner sagte etwas. Sie drehten sich um, nahmen den Geschädigten in ihre Mitte und verschwanden. Im Nachhinein tat mir das Geschehene sehr leid, ich konnte ja nicht ahnen, dass so etwas passieren würde.

Schlüssel verloren

Unsere Wohnung in der Hildesheimer Burgstraße befand sich im zweiten Stock und hatte nur 2,5 Zimmer, Küche und Bad. In dem kleinen Zimmer schlief Marita und wir Jungs hatten das gleiche Zimmer darüber in der Mansarde. Da in das Zimmer nur ein Bett passte, mussten mein Bruder und ich zusammen schlafen. Es verging aber kaum ein Tag, in dem es zwischen uns keinen Streit gab. Mal beanspruchte einer mehr von der Bettdecke oder einer schnarchte unüberhörbar.

Wenn es zu laut wurde, stand regelmäßig unser Vater vor der Tür und forderte Karl-Heinz auf, diese zu öffnen. Meistens bekam er dann die Empfangsbescheinigung in Form einer Backpfeife. Ich verkroch mich derweilen unter dem Bett. Auch als wir uns darauf einigten, so zu schlafen, dass das Fußende des einen gleichzeitig das Kopfende des anderen war, gab es immer wieder lautstarken Streit. Meistens lag es an den Käsefüßen meines Bruders, die sich dann nahe meines Gesichtes befanden.

Unser Zimmer hatte ein Fenster zur Straßenseite und es gab aber nur einen Schlüssel zum Absperren. Eines Tages hatte Karl-Heinz den Schlüssel verloren und wir trauten uns wegen der bereits angespannten Lage nicht, dies unserem Vater zu beichten. Da das Zimmer direkt neben dem Treppenhaus lag, kam von meinem Bruder der Vorschlag, über das Dach ins Zimmer zu klettern. Zum Glück hatte das Fenster im Treppenhaus den Anschlag links und unser Zimmerfenster den Anschlag rechts, so betrug der Abstand von einem Fenster zum anderen nur ca. 30 cm. Karl-Heinz machte es dann vor, er stieg auf das Fensterbrett im Treppenhaus, erfasste den Fensterrahmen unseres Zimmers und schwang sich auf dessen Fensterbrett. Nun war ich dran. Mit einem mulmigen Gefühl in der Bauchgegend machte ich es meinem Bruder nach, wobei er mir behilflich war und meinen Arm festhielt. Da wir ja das Zimmer von innen nicht öffnen konnten, reduzierten wir unsere Streitigkeiten auf ein Minimum. Unser Vater klopfte dann nur mit dem Besenstiel an die Decke im Zimmer unserer Schwester.

Diese Fensteraktion dauerte fast eine Woche, bis eine Person im gegenüberliegenden Haus diese beobachtete und unseren Eltern steckte. Es gab dieses Mal keine Hiebe, erstaunlicherweise waren unsere Eltern sehr gefasst, denn was hätte alles passieren können, wenn einer von uns aus zirka zehn Metern Höhe abgestürzt wäre. Ab diesem Zeitpunkt hatte jeder von uns einen eigenen Schlüssel für das Zimmer.

Weiße Mäuse

Auf dem Dachboden hatte mein Vater eine Voliere für seine Wellensittiche. Anfangs waren es zehn Vögel, aber dank der guten Pflege vermehrten sie sich rasch und so entstand die Idee, Vögel zu verkaufen, zumal ein großes Farbenspektrum vorhanden war. Mein Vater schenkte seiner Vogelzucht damals mehr Aufmerksamkeit als uns Kindern. Da er kaum Vögel verkaufte, wurden es immer mehr und eine zweite Voliere musste gebaut werden, in der die Jungvögel untergebracht wurden. Doch eines Tages wurden die Vögel von einer Krankheit befallen und es raffte jeden Tag einige dahin. Zum Schluss hatte er noch drei, die in einen Käfig in die Küche kamen.

Ich hatte mir zu dieser Zeit von meinem Geld ein Pärchen weiße Mäuse gekauft und dieses in einem der übrigen Transportkäfige meines Vaters untergebracht. Da ich die Mäuse nicht in der Wohnung halten durfte, waren sie in unserem Zimmer in der Mansarde untergebracht.

Es dauerte nicht lange, da hatten sich die Mäuse vermehrt und dadurch wurde auch der Geruch immer intensiver, wenn ich nicht ständig putzte. Mein Bruder mochte die Mäuse nicht und so kam es des Öfteren zum Streit wegen der Geruchsbelästigung. Ich stellte daraufhin den Käfig nachts außen vor die Zimmertür. Mit der Zeit nahmen die Mäuse überhand, es musste eine Lösung her. Da kam mir die Idee, die Mäuse auf den Dachboden in den freien Volieren unterzubringen.

Meinen Eltern erzählte ich von dieser Unterbringung nichts, denn sie hätten mir das sicher untersagt. Da in den Volieren am Boden von den Vögeln noch genug Körner herumlagen, brauchte ich mich anfangs nicht um das Füttern der Tiere zu kümmern. Als Schlafplatz für die Mäuse war je eine niedrige Kiste mit Sägespänen vorgesehen. Mit dem Putzen hatte ich jedoch einige Probleme, da die Mäuse auch an den schwer zugänglichen Stellen ihre Notdurft verrichteten.

Mit der Zeit hatten die Mäuse ein Loch in die Voliere genagt und liefen auf dem Dachboden herum. Eines Tages wollte eine ältere Hausbewohnerin ihre Wäsche auf dem Dachboden aufhängen und sah die vielen Mäuse. Sie ließ den Wäschekorb fallen und rannte schreiend die Treppe herunter, vergaß aber dabei, die Tür zum Dachboden zu schließen. So gelangten einige Mäuse in das Treppenhaus.

Als mein Vater die Bescherung sah, beauftragte er einen Kammerjäger, der die Mäuse einfing, und ich bekam eine Standpauke und einiges hinter die Ohren. Im Grunde war ich froh über die Lösung, da ich zum Schluss den Überblick verloren hatte.

Naturfreundehaus

In der Schule lernte ich drei gleichaltrige Jungen kennen und wir waren fortan unzertrennliche Freunde. Wir unternahmen viel in unserer Freizeit, so waren wir auch Mitglieder im örtlichen Verein der Naturfreunde und verbrachten viele gemeinsame Wochenenden im nahen Naturfreundehaus.

Meine Eltern waren froh, dass es dadurch etwas ruhiger zu Hause zuging. Verpflegung gab es dort auch. Obwohl unser Leiter kein begnadeter Koch war, schmeckte uns die etwas andere Küche.

Die Schlaf- und Sanitärräume waren für Jungen und Mädchen getrennt, nur ab und zu waren die Zimmertüren nicht ganz geschlossen und wir machten unsere Beobachtungen durch den Türspalt.

Bisher hatte ich die Mädchen meistens zickig und überspannt gefunden, aber hier war alles anders, wir waren eine Gemeinschaft und hatten viel Spaß miteinander. Hier hatte ich auch das erste Mal etwas für ein Mädchen empfunden, leider war sie etwas älter als ich und hatte nur Augen für die Größeren. Doch bald darauf stieß eine gleichaltrige Neue zu uns und ich verknallte mich direkt in sie. Wenn sie in meiner Nähe war, brachte ich kein Wort heraus oder stotterte nur unverständliches Zeug. Ich freute mich immer auf die Wochenenden und hoffte, dass ich auch sie im Haus der Naturfreunde antraf.

Mit der Zeit legte sich meine Nervosität und ich erfuhr sehr viel über sie. Sie belegte einen Blockflötenkurs bei der örtlichen Musikschule. Meine Eltern wunderten sich, dass ich nun auch den Blockflötenkurs besuchen wollte, was ich dann auch tat, nur um in der Nähe meiner Angebeteten zu sein. Da ich blutiger Anfänger war, entlockte ich der Flöte manchmal sehr schräge Töne, alle lachten, nur meine Freundin stand zu mir und half mir bei den Übungen.

Beate war ein hübsches Mädchen mit langen schwarzen Haaren und dieses blieb auch anderen Jungen nicht verborgen, die sich ebenfalls um sie bemühten. Ich war mit der Situation damals überfordert, denn ich verstand nicht, dass Beate mit denen nur flirtete. Ich war eifersüchtig. Mit der Zeit redeten wir immer weniger miteinander, und als sie nicht mehr ins Naturfreundehaus kam, ging ich auch nicht mehr zum Flötenkurs.

Wellensittich

Von der Zucht war noch ein Wellensittich übrig und dieser verbrachte meist nur nachts sein Dasein im Käfig auf der Fensterbank in der Wohnküche.

Für meinen Vater war dieser Vogel etwas Besonderes. Wenn er von der Arbeit kam, hörte der Vogel ihn bereits im Treppenhaus und flatterte wild umher. Betrat mein Vater die Küche, flog der Vogel sofort auf seine Schulter und verfolgte von dort das Geschehen. Selbst beim Rasieren schaute er zu.

Der Wellensittich war besonders neugierig, er musste alles untersuchen und anknabbern. Deshalb durften wir ihn nicht ins Wohnzimmer lassen, denn dort stand ein Ficus benjamina und der zog ihn magisch an. Einmal hatte ich nicht aufgepasst und alle Türen waren offen, was natürlich der Wellensittich gleich ausnutzte und ins Wohnzimmer flog. Er landete sofort im Ficus und begann, die Blätter von den Ästen zu lösen. Dabei beobachtete er jedes Blatt, was schraubenartig zu Boden flog, indem er den Kopf schräg hielt. Ich bemerkte das etwas später, da hatte sich schon ein kleiner Blätterhaufen gebildet. Als ich den Wellensittich einfangen wollte, flüchtete er auf die Gardinenstange, da hatte ich keine Chance. Erst mit seinen Lieblingskörnern konnte ich ihn in den Käfig locken. Ich beseitigte dann den kleinen Blätterhaufen und drehte den Ficus so, dass man den kahlen Ast nicht sehen konnte.

Beim Essen kletterte der Wellensittich von der Schulter über den Arm hinunter bis zur Hand und verfolgte, was sich da tat. Wenn es Gemüsesuppe gab, schob mein Vater etwas auf den Tellerrand und der Vogel wartete, bis man es kalt gepustet hatte, bevor er sich genüsslich daran machte.

An einem Tag stand mein Bruder am Herd und wärmte eine Suppe auf und der Wellensittich ließ nicht lange auf sich warten. Er kletterte von der Schulter hinab auf die Hand und verfolgte das Umrühren der Suppe. Durch irgendetwas erschrak sich der Vogel und fiel in die zum Glück nur lauwarme Suppe. Er strampelte und flatterte mit den Flügeln, bis er fast versank. Karl-Heinz reagierte schnell und zog den Vogel aus der Suppe, dann hielt er ihn unter den Wasserhahn und spülte die Suppe ab. Ich half ihm dabei und spreizte die Flügel auseinander, anschließend trockneten wir den Vogel mit einem Föhn. Erstaunlicherweise ließ der Vogel, ohne zu zetern und zu kreischen, alles über sich ergehen. Wir setzten den Wellensittich wieder in seinen Käfig, in dem er sogleich damit anfing, sein Gefieder zu pflegen. Unser Vater merkte später nichts von unserer Rettungsaktion.

VW Gas-Seil

Das erste Auto meines Vaters war ein VW Käfer, damals noch mit geteilter Heckscheibe. Er hatte den Käfer gebraucht gekauft, vermutlich war es ein Montagsauto, denn soweit ich mich erinnern kann, war ständig etwas kaputt.

Da bei uns immerzu Geldmangel herrschte, wurde vieles selber repariert. Mit der Zeit wurde der Ausbau des Motors zur Routine und das geschah ohne Grube oder Hebebühne. Da der VW wenig Bodenfreiheit hatte, wurde unter dem Motor ein passendes Autorad platziert, dann der Motor vom Getriebe getrennt und auf dem Reifen abgestellt. Mein Vater und ein Freund packten den VW an der Stoßstange, hoben ihn hoch und schoben das Fahrzeug nach vorne weg. Der Motor war nun frei zugänglich. Bei der ersten Reparatur waren ein paar Schrauben übrig und der Motor musste noch mal teilweise auseinandergenommen werden.

Einmal verlor der Motor Öl. Grund war ein defekter Gummiring, der getauscht werden musste. Der Gummiring kostete unter einer Mark, die Reparatur sollte aber einige hundert Mark kosten. Also wurde der Motor wieder selber repariert, dies geschah meist am Wochenende.

Jeder, der den VW Käfer kennt, weiß, dass man nicht viel Gepäck unterbringen kann. Für unseren Zelturlaub mit fünf Personen reichte auch der Dachgepäckträger nicht. Aus diesem Grund wurden die hintere Sitzbank ausgebaut und stattdessen die Campingstühle und das Zelt verstaut. Wir Kinder verbrachten dann die gesamte Fahrt sitzend auf dem Zelt.

Einmal machten wir Urlaub in Italien und dort riss das Gas-Seil. Da meine Eltern kein Italienisch sprachen und mein Vater den dortigen Werkstätten nicht traute, behalf er sich selbst. Im Bereich des Rücksitzes entfernte er eine kleine Platte und konnte somit vom Motor durch den Innenraum zum Gaspedal eine Schnur spannen. Die Schnur war überall frei, da sich ja unter dem Zelt links und rechts die Campingstühle befanden. Da ich hinten im Auto in der Mitte saß, verlief die Schnur zwischen meinen Beinen hindurch. So blieb es nicht aus, dass ich die Schnur manchmal berührte und dann unfreiwillig Gas gab. Anfangs bemerkte mein Vater davon nichts, erst als mein Bruder an der Schnur zog und der Wagen beschleunigte, reagierte er schnell und kuppelte aus – anschließend gab es ein kräftiges Donnerwetter und eine Woche keine Süßigkeiten. Zum Glück passierte bei der Rückfahrt nach Deutschland nichts und wir kamen gut an.

Hüttenbesuch

Unter der Woche nahm ich an den Vereinsabenden bei den Naturfreunden gern teil, denn es gab zu dieser Zeit kaum Alternativen. Bei den Gesprächen im Vereinsheim ging es natürlich vorwiegend um die Natur. Wir spielten auch Karten, sangen miteinander und unser Leiter Ulli spielte dazu auf seiner Gitarre. Die Gitarrenmusik faszinierte mich sehr und für mich stand fest, dass ich das auch lernen wollte.

Die Wochenenden verbrachte ich, wenn ich von meinen Eltern das Okay bekam, auf der Hütte im Hildesheimer Wald. Oft waren dort auch Gäste von anderen Ortsvereinen der Naturfreunde, dann wurden Erfahrungen und Erlebnisse ausgetauscht. Einmal hatten wir Gäste vom benachbarten Ortsverein, die sich sehr wohl bei uns fühlten. Im Laufe des Abends war man sich einig, dass wir deren Hütte auch besuchen würden.

Da diese nur 18 km entfernt war, sollte die Fahrt dorthin mit dem Fahrrad erfolgen. Nun hatte ich aber zu dieser Zeit kein verkehrstüchtiges Rad, also musste ich meinen Bruder fragen, ob ich sein Fahrrad bekommen konnte. Als ich ihm versprach, das Fahrrad hinterher zu putzen, willigte er ein.

Nun brauchte ich noch die Erlaubnis meiner Eltern und erklärte, dass ich das Fahrrad-Problem mit Karl-Heinz bereits gelöst hatte. Meine Eltern willigten ein und ich nutzte die Gelegenheit, um mein Vorhaben bezüglich des Gitarrenunterrichts anzusprechen. Aber da stellten sie sich stur und hielten mir vor, ich hätte den Blockflötenunterricht auch nicht lange besucht. Bei uns herrschte immer Geldknappheit, vermutlich war es eine Ausrede meiner Eltern, denn sie sahen in erster Linie die Kosten des

Unterrichts und der Gitarre zum Üben, die damit verbunden waren. Für meine Eltern war damit das Thema beendet und ich ging enttäuscht ins Bett.

Am nächsten Tag starteten wir, unser Leiter und zwölf Kinder, die Fahrt zur Hütte in den Nachbarort. Dort erwarteten uns schon die ehrenamtlichen Helfer mit einer kräftigen Brotzeit. Es gab auch Brote mit Fisch in Tomatensoße, meine damalige Leibspeise. Von der Fahrt war ich ziemlich hungrig und ich aß so viele Scheiben wie nie zuvor und hörte erst auf, als nichts mehr reinging. Danach legte ich mich auf die Wiese und schlief dort einige Zeit. Später erzählte mir eine Helferin, dass ich sechs Scheiben von dem Brot gegessen hatte.

Weil ich auch noch am nächsten Morgen so satt war, verzichtete ich auf das Frühstück.

Reise nach Korsika

In den Ferien kümmerten sich die ehrenamtlichen Helfer der Naturfreunde um uns. Manchmal waren wir für mehrere Tage in Norddeutschland unterwegs und besuchten diverse Hütten. Für uns war es immer ein großes Erlebnis, zumal wir dem Alltagstrott entfliehen konnten.

In den kommenden Sommerferien war ein Besuch in Calvi auf Korsika angesagt. Ich konnte meine Eltern für die 14-tägige Reise gewinnen, weil ich einen Teil der Kosten aus den Ersparnissen meiner Altmetallverkäufe beisteuerte. Geplant waren eine Zugfahrt nach Nizza, die Überfahrt nach Korsika mit dem Schiff und dann Zelten auf dem Campingplatz. Insgesamt waren wir 12 Personen und hatten dadurch überall den günstigen Reisegruppentarif. Ich fieberte dem Abreisetag entgegen, denn es war meine erste Reise in ein fremdes Land, und noch dazu auf einem großen Passagierschiff im Mittelmeer.

Nach einer ellenlangen Bahnfahrt mit mehreren Umstiegen kamen wir nach 18 Stunden völlig fertig gegen 22 Uhr in Nizza an. Wir hatten nur noch einen Wunsch, irgendwie und egal wo zu schlafen. So fanden wir außerhalb am Strand einen Platz zum Campieren. Da es noch recht warm war, legten wir uns ohne Zelt nur im Schlafsack in den Sand und schliefen sofort ein.

Am nächsten Morgen wurden wir unsanft von einem ohrenbetäubenden Lärm geweckt. Als ich aufsah, bemerkte ich ein niedrig fliegendes Flugzeug direkt über uns. Ich lag wie gelähmt in meinem Schlafsack, doch dann wurde mir klar, dass wir unsere Schlafstelle ausgerechnet in der Einflugschneise des Flughafens von Nizza gewählt hatten. Wir packten in Windeseile unsere Sachen und machten uns auf den Weg zum Hafen, denn die Abfahrt des Schiffes stand jetzt an.

An diesem Tag hatten wir etwas Seegang, wobei sich das Schiff immer mal zu einer, dann zur anderen Seite neigte. Ich hatte mit dem Seegang keine Probleme, anderen war es flau in der Magengegend. Auf dem Schiff gab es nur Toiletten mit Griffen an den Wänden, einen Absatz für die Füße und in der Mitte nur ein Loch im Boden. An diesem Ort hatte ich folgendes Erlebnis, das mir mächtig peinlich war: Gerade als ein Teil meinen Körper verließ, neigte sich das Schiff und das Teil fiel nicht in das Loch, sondern rollte unter der Tür hindurch in den Gang. Zum Glück neigte sich das Schiff wieder in die andere Richtung und das Teil kam wieder zurück und ich war froh, als es dann in dem Loch verschwand. Da ich nicht wusste, ob jemand etwas davon mitbekommen hatte, verbrachte ich noch einige Zeit auf der Toilette, bevor ich sie zügig verließ. Später in Calvi fanden wir in einem Restaurant eine Toilette mit normalem Sitzbecken, welches dann von uns regelmäßig aufgesucht wurde.

Wir verbrachten schöne Tage am Strand auf der Insel und machten einige Ausflüge im Nahbereich, für mich war es ein einmaliges Erlebnis.

Basteleien

Wir waren immer für irgendwelche Streiche offen. Ideal war unsere Wohnung in Hildesheim im dritten Stock. Von dort warfen wir mit Wasser gefüllte Luftballons aus dem Fenster auf den Fußweg vorm Haus. Wir warteten, bis ein Fußgänger kam, warfen den Ballon jedoch direkt hinter ihn, sodass er erschrak und sich umdrehte, dann hatten wir genügend Zeit, um vom Fenster zurückzuweichen. So blieben wir unentdeckt.

Bei unseren Straßenschlachten verwendeten wir manchmal auch die gefüllten Luftballons, jedoch war der Transport etwas umständlich. Da die Ballons im Eimer mitgeführt werden mussten, erkannten die Gegner das sofort und richteten ihr Hauptaugenmerk darauf. So kam es, dass wir mit unseren eigenen Ballons beworfen wurden. Einmal trugen wir Ballons in unseren Jackentaschen, das war auch nicht ideal, denn im Kampfgetümmel platzte manchmal ein Ballon und man war nass.

Leute zu erschrecken, fanden wir sehr lustig, so kamen wir auf die tollsten Ideen. Wir schabten von Streichhölzern den Kopf ab, bis wir genügend Material hatten, um einen holen Schlüssel damit zu füllen. Ideal waren die eines Vorhängeschlosses, da der Hohlraum tiefer war. Mit einem kleinen Stock wurde das Material verdichtet, und der Schlüssel bekam noch eine 50 cm lange Schnur. Wenn man dann den so präparierten Schlüssel mit voller Wucht an eine Mauer schleuderte, entzündete sich die Füllung und es gab einen lauten Knall.

Es war nicht ungefährlich, denn manchmal zerbarst der Schlüssel durch die Ladung und er war unbrauchbar für weitere Aktionen. Einen besonderen

Spaß hatten wir bei Dunkelheit, dann konnte man auch jedes Mal den Feuerblitz sehen. Wir waren die Vorläufer von „Jugend forscht".

Ich bastelte mit meinen Freunden auch einmal eine kleine Rakete. Hierzu verwendeten wir eine ausgediente Stabtaschenlampe als Treibstoffbehälter, gefüllt wurde sie mit einem Gemisch aus Kohlenstaub, Zucker und abgeriebenen Streichholzköpfen. Nach dem Füllen wurde mit dem Deckel das Batteriefach wieder verschlossen, als Austritt für den Feuerstrahl war die Lampenfassung vorgesehen. Wir waren uns nicht sicher, ob das klappen würde, deshalb legten wir die gefüllte Taschenlampe auf eine Mauer und präparierten zum Zünden eine kleine Spur aus dem Abrieb der Streichhölzer bis zur Lampenfassung. Nach dem Anzünden fanden wir Schutz an der Mauer. Es rauchte und zischte laut, dann bewegte sich unsere Rakete von der Mauer und fiel etwa aus fünf Metern auf den Boden und brannte aus. Uns war diese Aktion doch etwas zu gefährlich, deshalb probierten wir es nicht noch einmal aus und verschwiegen unseren Eltern das natürlich auch.

An der Innerste

Es gab Plätze, die mich magisch anzogen; dazu gehörte auch die „Innerste" – ein Fluss, der durch Hildesheim fließt. Nach dem Krieg gab es dort viele Ruinen, auch das Stauwehr war von den Bomben nicht verschont geblieben. So waren von dem Steg am Wehr, der über den Fluss führte, nur noch die Eisenträger übrig. Der Fluss teilte sich zuvor in zwei Arme und an diesem Bereich befand sich eine kleine Insel. Diese konnte man nur über die Eisenträger erreichen. Gerade an dieser Stelle war der Fluss besonders tief und man sah die Strudel an der Wehrmauer.

Wir setzten uns am Rand auf einen der Träger und die Füße auf die untere Querstrebe, dann rutschten wir Stück für Stück bis zur anderen Seite. Zuerst war mir schon etwas mulmig, aber von Mal zu Mal ging es besser und schneller. Nach einiger Zeit balancierte mein Bruder stehend über den Träger, ich traute mich das noch nicht. Ich besorgte mir einen langen Ast, die gab es ja zur Genüge am Fluss, und benutzte ihn als Balancierhilfe. Ich hatte es auch geschafft, von Karl-Heinz wurde ich nur belächelt. Wenn ich heute daran zurückdenke, dann waren wir schon sehr leichtsinnig; nicht auszudenken, wenn einer von uns an dieser Stelle in den Fluss gefallen wäre.

Eigentlich war die Insel selbst gar nicht so aufregend, wir hielten uns mehr an den flachen Stellen im Fluss auf. Wir bauten kleine Staustellen und beobachteten dabei die Tierwelt im seichten Wasser.

Einmal warf ich ein Holzstück, das aussah wie ein Schiff, ins Wasser und verfolgte dieses am Flussrand. Da wir am Fluss meist ohne Schuhe unterwegs waren, war ich auch an diesem Tag barfuß. Bei der Verfolgung des Holzstückes achtete ich nicht auf den von hohem Gras bewachsenen Weg und trat mit dem rechten Fuß in eine zerbrochene Flasche. Ich hatte eine tiefe Schnittwunde und blutete stark. Meine Freunde kamen sofort herbei, einer versuchte, die Blutung zu stoppen, und ein anderer holte Hilfe. Da ich mich auf einem unwegsamen Gelände befand, kam ein Helfer mit einem Bollerwagen und brachte mich ins Krankenhaus. Dort wurde die Wunde genäht, aber es stellte sich heraus, dass ich mir bei dem Unfall auch eine Blutvergiftung zugezogen hatte. Das gestaltete den Heilungsprozess langwieriger.

Erst später stellte ich fest, dass ich den großen Zeh am rechten Fuß nicht mehr richtig bewegen konnte. Vermutlich wurde durch den Schnitt eine Sehne durchtrennt und von den Ärzten übersehen. Mit diesem kleinen Handicap lebe ich heute noch.

Bergmannslehre

Im Jahr 1957 gab es kaum Lehrstellen und das, was mich interessierte, gab es nicht im näheren Umkreis von Hildesheim. Ein Schulfreund machte mich aufmerksam, dass man auf der Kalizeche in Giesen, nördlich von Hildesheim, noch Lehrlinge suchte.

Mich reizte die breite Ausbildung, denn man verbrachte je drei Monate in der Schmiede, bei den Zimmerleuten, den Elektrikern, den Schlossern sowie den Maurern. Die breite Ausbildung war deshalb so wichtig, weil man unter Tage in den Stollen oft nur zu zweit war und da musste man sich bei einer Reparatur helfen können. Außerdem bekam ich im ersten Lehrjahr mehr Lohn als mein Bruder im dritten Lehrjahr bei den Maurern.

Ich bewarb mich und wurde angenommen. Im ersten Lehrjahr waren wir zehn Lehrlinge, davon viele Kinder von Bergleuten, oft bereits in der dritten Generation.

Am ersten Tag unserer Ausbildung war unser handwerkliches Geschick gefragt. Wir bekamen je eine Schaufel und eine Spitzhacke, um einen unbefestigten Weg im Werksgelände aufzufüllen und zu begradigen. Zu Beginn der Arbeiten war der Ausbilder anwesend. Als dieser fortmusste, war es mit dem Arbeitseifer bei einigen vorbei und sie bewarfen sich mit Erdklumpen, dabei benutzten sie die Schaufeln als Schild. Dann entdeckte einer die in der Nähe stehenden leeren Ölfässer und begann, mit der Spitzhacke Löcher in die obere Fläche zu schlagen. Nach und nach beteiligten sich immer mehr an dem Spiel, bis es dann zu einem Wettkampf kam, ein möglichst tiefes Loch zu schlagen. Niemand wollte warten, bis er an der Reihe war, so wurden gleichzeitig mehrere Fässer bearbeitet. Ich war der Letzte, der zu dem Treiben dazu kam, wollte mich aber nicht daran beteiligen. Als man mich aber als Schwächling und Feigling bezeichnete, machte ich auch mit. Mit der Zeit hatten wir zehn Fässer unbrauchbar gemacht.

Als der Ausbilder wiederkam und die Bescherung sah, gab es ein riesiges Donnerwetter und er deutete Konsequenzen an. Anschließend wurden wir vom Ausbildungsleiter einzeln zum Ablauf verhört. Ich zeigte Reue und versprach, zukünftig nichts Unüberlegtes zu tun, sodass ich die Chance erhielt, meine Ausbildung fortzuführen. Vermutlich handelten alle so wie ich, denn es wurde bei keinem der Ausbildungsvertrag beendet. Man hätte auch nicht alle zehn Lehrlinge rausschmeißen können, dann hätte eine komplette Lehrlingsstufe gefehlt.

Zelten

Wir vier Freunde, Norbert, Klaus, Rainer und ich, trafen uns mehrmals unter der Woche, jedoch recht selten alle auf einmal. Dies war nur am Wochenende der Fall, wenn wir uns im Haus der Naturfreunde trafen oder eine Wanderung unternahmen.

Bild: Moritz mit Norbert und Rainer (v. l. n. r.)

Norbert wollte mit uns eine Band gründen. Wir nahmen ihn jedoch nicht ernst und vertrösteten ihn immer wieder. Doch irgendwann überraschte er uns, denn er hatte sich ein Schlagzeug gekauft. Nun mussten wir Farbe bekennen und ihm klar sagen, dass wir für eine Band nicht zu haben seien, zumal keiner von uns ernsthaft ein Instrument gespielt hatte. Norbert verkaufte nach ein paar Wochen das Schlagzeug, nachdem ihm bewusst war, dass es ohne einen entsprechenden Übungsraum zu laut war.

Zu diesem Zeitpunkt waren wir alle in der Ausbildung. Norbert als Armaturenschleifer, Klaus als Tischler, Rainer in der Verwaltung und ich im Bergbau. Aus diesem Grund verlagerten sich unsere Treffen immer mehr auf die Wochenenden.

Wenn wir uns im Hildesheimer Wald im Naturfreundehaus trafen, probierten wir auch mal das eine oder andere alkoholische Getränk aus. Der Hit war damals Cola mit Rum. Das gab es meistens, wenn einer von uns eine Party gab und hierzu auch Mädchen eingeladen wurden. Da ich von uns vieren als Lehrling das meiste Geld bekam, hatte ich schon bald ein Tonbandgerät. Ich verbrachte viel Zeit damit, um vom Radio die aktuellen Schlager mitzuschneiden. Dadurch wurden unsere Partys immer ein voller Erfolg. Wenn wir mit den Naturfreunden unterwegs waren, hielten wir uns mit alkoholischen Getränken zurück. Nur wenn wir zelteten, befand sich immer eine Flasche in unserem Gepäck.

An einem Wochenende hatte ich mir meine Karbidlampe mit dem Vorwand, diese gründlich putzen zu wollen, von meiner Ausbildungsstätte ausgeliehen. Zu unserer Zelt-Tour hatte ich mich aus irgendeinem Grund verspätet, sodass wir erst spät aufbrechen konnten. Wir fuhren mit den Rädern in Richtung Alfeld und kamen erst im Dämmerlicht am Zeltplatz an, somit war an einen Zeltaufbau eigentlich nicht mehr zu denken. Zum Glück hatte ich meine Lampe dabei, die für ein gemütliches Zusammensein am Abend gedacht war. Ich befestigte meine Lampe an einem Ast und wir konnten unser Zelt aufbauen. Meine Freunde waren überrascht, wie viel Licht die Lampe abgab. Leider war das gemütliche Beisammensein etwas kürzer, da das Karbid in der Lampe schneller verbraucht war als gedacht.

Norbert wollte mit uns eine Band gründen. Wir nahmen ihn jedoch nicht ernst und vertrösteten ihn immer wieder. Doch irgendwann überraschte er uns, denn er hatte sich ein Schlagzeug gekauft. Nun mussten wir Farbe bekennen und ihm klar sagen, dass wir für eine Band nicht zu haben seien, zumal keiner von uns ernsthaft ein Instrument gespielt hatte. Norbert verkaufte nach ein paar Wochen das Schlagzeug, nachdem ihm bewusst war, dass es ohne einen entsprechenden Übungsraum zu laut war.

Zu diesem Zeitpunkt waren wir alle in der Ausbildung. Norbert als Armaturenschleifer, Klaus als Tischler, Rainer in der Verwaltung und ich im Bergbau. Aus diesem Grund verlagerten sich unsere Treffen immer mehr auf die Wochenenden.

Wenn wir uns im Hildesheimer Wald im Naturfreundehaus trafen, probierten wir auch mal das eine oder andere alkoholische Getränk aus. Der Hit war damals Cola mit Rum. Das gab es meistens, wenn einer von uns eine Party gab und hierzu auch Mädchen eingeladen wurden. Da ich von uns vieren als Lehrling das meiste Geld bekam, hatte ich schon bald ein Tonbandgerät. Ich verbrachte viel Zeit damit, um vom Radio die aktuellen Schlager mitzuschneiden. Dadurch wurden unsere Partys immer ein voller Erfolg. Wenn wir mit den Naturfreunden unterwegs waren, hielten wir uns mit alkoholischen Getränken zurück. Nur wenn wir zelteten, befand sich immer eine Flasche in unserem Gepäck.

An einem Wochenende hatte ich mir meine Karbidlampe mit dem Vorwand, diese gründlich putzen zu wollen, von meiner Ausbildungsstätte ausgeliehen. Zu unserer Zelt-Tour hatte ich mich aus irgendeinem Grund verspätet, sodass wir erst spät aufbrechen konnten. Wir fuhren mit den Rädern in Richtung Alfeld und kamen erst im Dämmerlicht am Zeltplatz an, somit war an einen Zeltaufbau eigentlich nicht mehr zu denken. Zum Glück hatte ich meine Lampe dabei, die für ein gemütliches Zusammensein am Abend gedacht war. Ich befestigte meine Lampe an einem Ast und wir konnten unser Zelt aufbauen. Meine Freunde waren überrascht, wie viel Licht die Lampe abgab. Leider war das gemütliche Beisammensein etwas kürzer, da das Karbid in der Lampe schneller verbraucht war als gedacht.

Grubenlampe

Wir Lehrlinge wurden meist einem Hauer, ähnlich einem Meister, zugeteilt und waren oftmals allein mit ihm vor Ort, so wurde das Ende des Stollens genannt.

Das Los der Lehrlinge war, dass wir das Werkzeug, Schaufeln, Hacken etc., bis vor Ort tragen mussten. Die eine Schicht hat zum Vortrieb der Stollen Löcher gebohrt und gesprengt und die nachfolgende Schicht hat dann den Abraum, das gelöste Gestein/Salz mit Schaufeln oder einem Schaufellader beseitigt. Wurde jemand vom Steiger erwischt, wenn er unter Tage keinen Schutzhelm trug oder die Lampe nicht funktionierte, dann wurden vom Lohn für jede Verfehlung 10 DM abgezogen.

Im Salzbergbau brauchte man nicht auf Schlagwetter wie in der Kohle zu achten, deshalb gab es Karbidlampen mit einer offenen Flamme. Jeden Morgen vor Schichtbeginn wurde die Lampe für den Tag präpariert, das abgebrannte Karbid entleert, mit neuem Karbid und Wasser aufgefüllt. Mit einem Drehknopf konnte man die Wasserzufuhr regeln, mit viel Wasser brannte die Lampe heller, aber auch entsprechend kürzer.

Eines Tages knickte mein Hauer unglücklich um und konnte nicht mehr laufen. Es gab kein Telefon, sodass ich Hilfe holen musste. Ich ging also den Stollen zurück in Richtung Schacht. Da es aber mit nur einer Lampe etwas zu dunkel war, musste ich bei meiner Karbidlampe die Wasserzufuhr etwas erhöhen. Nach einiger Zeit bemerkte ich, dass das Licht meiner Lampe schwächer wurde. Ich konnte jedoch nicht schneller laufen, da ich mich im unebenen Gleisbett bewegte. Als ich kaum mehr Licht hatte, setzte ich mich auf den Boden. Ein Weitergehen war zu gefährlich, da sich an der Stollenseitenwand immer wieder große Löcher zum Stollen darunter befanden. In diese Löcher wurde der Salzabraum geschüttet, und wenn er nach ca. 50 Metern tiefer ankam, waren keine großen Brocken mehr dabei.

Ich wartete nun, bis man uns vermisste. Dies war aber erst möglich, wenn am Brett an der Pforte unsere Marken fehlten. Wir hatten dennoch Glück, denn während bei der Seilfahrt die eine Schicht rausfuhr, ging es für die nachfolgende Schicht nach unten. So verharrte ich einige Stunden ohne Licht in dem Stollen, bis die Kumpel von der Folgeschicht mich fanden. Ich erzählte ihnen von dem Missgeschick meines Hauers, danach brachte mich der Hilfshauer zum Schacht, um Hilfe zu holen, und der Hauer ging zu meinem Hauer.

So hatte alles noch ein gutes Ende, ich jedoch kam um die Zahlung von 10 DM nicht herum.

Probebohrung

Nach der Ausbildung als Berglehrling waren wir Knappen und wurden überwiegend den Hauern als Hilfshauer zugeteilt. Ich war einige Zeit der Verantwortliche für drei Hilfskräfte zum Beseitigen des Abraumes auf Förderbändern oder in Loren – nach der Sprengung der vorhergehenden Schicht.

In meinem Team befand sich eine Hilfskraft, die arbeitete wie ein Roboter, wir nannten ihn Atom-Otto. Er hatte eine Schaufel, fast so groß wie ein Kuchenblech, damit schaffte er regelmäßig das Doppelte als wir. Ich schaute deshalb, dass ich möglichst bei den Ersten war, die in den Schacht einfuhren, damit ich ihn in mein Team holen konnte. Er war auch gern in meinem Team, weil ich ihm ab und zu eine Salami mitbrachte.

Nach etwa einem halben Jahr wurde ein Hilfshauer für die Probebohrung gesucht, woraufhin ich mich sofort meldete, denn das interessierte mich brennend. Die Probebohrung wurde da eingesetzt, wo man die wertvolleren Salze vermutete.

Zu Anfang bohrten wir mit mehreren Gestängen von jeweils einem Meter in ca. einem 45-Grad-Winkel ins Stollenende. Der Hauer bediente die Maschine zum Vortrieb und ich musste jeweils das nächste Gestänge einsetzen. Dazu musste das vorgefahrene Gestänge mit Keilen gesichert werden, bevor die Maschine zurückgefahren wurde. Das Bohrmehl wurde bei jedem Meter eingesammelt und später über Tage analysiert. Mit jedem Meter Vortrieb kam das Bohrmehl jedoch später zum Vorschein.

So bemerkten wir einmal zu spät, dass das Bohrmehl feucht wurde. Plötzlich hörten wir ein Gurgeln und brachten uns sofort in Sicherheit, denn wir hatten eine Laugenblase angebohrt. Der Druck war so groß, dass das komplette Gestänge aus dem Bohrloch schoss und dabei die Maschine wegdrückte. Nachdem das Gestänge raus war, ergoss sich die Lauge in den Stollen. Wir hatten Glück, leicht hätte uns das Gestänge treffen können.

Diese Probebohrungen mit Gestänge hat man daraufhin eingestellt. Jetzt wurde die Kernbohrung mit jeweils ca. 10 Meter langen Rohren eingesetzt. Meine Aufgabe war das Wechseln der Rohre und Verstauen der Bohrkerne. Hierzu mussten jedes Mal die gesamten Rohre raus- und reingefahren werden. Je nach Salzfestigkeit schafften wir 20 bis 30 Meter pro Schicht; manchmal, wenn wir auf Gestein stießen, nur wenige Meter. In diesen Fällen musste die Bohrkrone, die mit Diamantsplittern besetzt war, gewechselt werden.

Die Arbeit war sehr anstrengend, wurde aber auch sehr gut bezahlt.

Christa

Während meiner Lehrzeit war ich mit einem anderen Lehrling im gleichen Ausbildungsjahr befreundet. Sein Spitzname war „Stokel", mit ihm besuchte ich am Wochenende in Hildesheim die Tanzbar „Cariba". Dort lernte ich meine große Liebe Christa kennen und wir trafen uns daraufhin regelmäßig.

Als ich dann aufgrund des Schichtbetriebes auch samstags arbeiten musste, ging ich immer seltener in die Tanzbar. Mein Freund hatte einen anderen Schichtbetrieb als ich, deshalb trafen wir uns kaum noch. Ich hatte jedoch in der Zwischenzeit meine Beziehung zu Christa gefestigt und wir gingen mehrmals in der Woche aus, mal ins Kino oder zum Eisessen oder auch nur zum Spazierengehen. Zu Anfang war Christa nicht dabei, wenn es mit meinen Freunden eine Party gab. Schließlich kannte ich meine Freunde, denn wenn es ein neues Gesicht gab, versuchte jeder sein Glück bei ihr.

Als Christa eine Ausbildung bei Horten als Verkäuferin begann, sahen wir uns meist nur am Wochenende. In der Zwischenzeit hatte mich Christa ihrer Mutter vorgestellt und ich war zum Essen eingeladen. Ich zeigte mich von meiner besten Seite und brachte ihrer Mutter einen Blumenstrauß mit. Blumen gab es daraufhin immer, wenn ich sonntags zum Essen eingeladen war. Meine Mutter war wohl eifersüchtig, denn sie äußerte sich einmal mit den Worten: „Mir bringst du nie Blumen, wenn ich koche". Ab und zu habe ich ihr dann auch mal Blumen geschenkt. Meine Eltern waren begeistert von Christa. Sie ging nach kurzer Zeit bei uns ein und aus, auch bei unseren Ausflügen war sie oft dabei.

Wir wollten einmal ein Wochenende für uns haben und erzählten unseren Eltern, dass wir jeweils beim Freund beziehungsweise der Freundin übernachteten. Wir fuhren mit dem Zug nach Goslar und übernachteten in einem Hotel. Da ich schon 18 Jahre alt war, meldete ich mich mit meinem Namen an, sodass es keine Schwierigkeiten gab. Wir hatten in dem Hotel sehr schöne Stunden, um uns näher kennenzulernen.

Meist sind die Jugendlieben nur von kurzer Dauer, so war es auch bei uns, als sich bald darauf aus beruflichen Gründen unsere Wege trennten.

Mobbing

Nach meiner Ausbildung zum Bergknappen war ich für anspruchsvollere Aufgaben gerüstet. Zu Anfang war ich für fünf Wochen bei der Probebohrung eingesetzt. Um jedoch den Verdienst für diese Stelle zu erhalten, musste man mindestens sechs Wochen dort oder an jeder anderen Stelle tätig sein, so war es tarifvertraglich festgelegt. Ich wurde regelmäßig vor Ablauf der sechs Wochen an einem anderen Ort eingesetzt, ich bekam also nie das Geld für die höherbewertete Arbeit. Als ich mich beim einteilenden Steiger beschwerte, bekam ich nur noch Arbeiten, die auch ein Hilfsarbeiter erledigen konnte. Auch als ich die Schicht wechselte, verbesserte es sich nicht. Vermutlich hatten sich die Steiger abgesprochen.

Als ich eines Tages in der Nachtschicht einfuhr, bekam ich eine nicht ungefährliche Arbeit am Hauptschacht, die eine große Konzentration erforderte. Im Halbstundentakt kamen hier die E-Locks mit zehn bis zwanzig Loren an. An dieser Stelle mussten die Loren voneinander abgekoppelt werden, damit man sie in einem Drehgestell kopfüber entleeren konnte. Danach liefen die Loren auf einer geneigten Strecke zum Elevator und von dort auf eine kleine Steigung. Hier mussten sie wieder angekoppelt werden. Das Gefährliche daran war, dass man mit der Hand unterhalb der Puffer zwischen zwei Loren greifen musste. Hinzu kam, dass der Elevator mit einem Ruck die nächste ankommende Lore weiterschob. Man musste daher beim Ankoppeln der Loren immer mitlaufen. Da es am Hauptschacht durch die Frischluft zum Belüften der Grube immer kalt war, musste man bei der Arbeit eine Jacke tragen.

In der zweiten Nachtschicht war ich wohl nicht gut ausgeschlafen, jedenfalls geriet beim Ankoppeln mein Jackenärmel zwischen Rad und Gleise. Ich konnte im letzten Moment meinen Arm parallel zum Rad drehen, sonst wäre mein Unterarm zerquetscht worden. Ich war von diesem Vorfall so geschockt, dass ich nicht mehr weiterarbeiten konnte.

Über Tage beim Betriebsarzt erfuhr ich dann, dass bereits in der vorherigen Woche an gleicher Stelle ein ähnlicher Unfall passiert war, jedoch mit schlimmeren Folgen am Unterarm des Kumpels. Für mich war ab diesem Zeitpunkt klar, dass ich kündigen würde, zumal mich auch der Schichtbetrieb störte und darunter ebenso meine Freizeit litt.

Umschulung

Nach meiner Kündigung im Salzbergwerk hatte ich Zeit, mir etwas Neues zu suchen – mein Interesse galt da bereits schon der Elektronik. Durch Christas Mutter erfuhr ich, dass man bei „Blaupunkt" eine Umschulung für Radio- und Fernsehtechnik machen konnte. Ich meldete mich sogleich für eine 6-monatige Umschulung an und wurde auch sofort genommen, denn es gab einen ständigen Bedarf.

Nach der Umschulung wurde ich in die Autoradioreparatur eingewiesen und danach am Produktionsband eingesetzt. Die Reparaturen waren notwendig, da durch die vielen Einzelteile auf einer Leiterplatte immer wieder Fehler, z. B. durch Vertauschen fast gleicher Bauteile, auftraten. Zu Beginn war ich einem erfahrenen Reparateur zugeteilt, ich bekam die leichteren Fehler, wie z. B. eine vergessene oder eine schlechte Lötstelle. Wenn ein Fehler öfter auftrat, meldeten wir das dem Bandleiter, der zurückverfolgen konnte, wer dafür verantwortlich war. Er kümmerte sich dann darum, dass der Fehler nicht mehr auftrat.

Mit steigender Erfahrung bekam ich immer schwierigere Reparaturen. Nach einiger Zeit kam ich an das Band für die Autoradio-Endmontage. Dort wurden alle Teile und Baugruppen zusammengefügt. Danach kam jedes Autoradio auf einen Rütteltisch, dann in die Endkontrolle. Hatte das Gerät den Rütteltisch und die Endkontrolle überstanden, ging es in den Verkauf. Wenn nicht, landete es auf meinem Tisch zur Reparatur.

Am Band arbeitete ausschließlich weibliches Personal jeden Alters. Manche zeigten mit einer weit offenstehenden Bluse freizügig mehr als üblich. Mit einem Vorwand wurde ich dann gerufen und hatte, wenn ich mich über die Kollegin beugte, um in das Gerät zu schauen, einen vollen Einblick. Es machte den Frauen sichtlich Spaß, wenn ich mich mit rotem Kopf wieder entfernte.

Einmal erhielt ich von einer attraktiven Frau am Band einen Riegel Schokolade und nahm ihn dankend an. Am nächsten Tag bekam ich von einer anderen einen Apfel, und so ging es immer weiter, bis ich so viel erhielt, dass ich es nicht alles essen konnte. Mir war es in der Zwischenzeit auch schon unangenehm, deshalb fasste ich mir ein Herz und lehnte dankend ab, wenn mir jemand etwas anbot. Vom Bandleiter erfuhr ich später, dass die kleinen Geschenke mich milde stimmen sollten, falls von den Personen ein Fehler entdeckt wurde.

Orgelbau

Durch meine Umschulung zum Radio- und Fernsehmechaniker und die Arbeit an den Bändern bei „Blaupunkt" hatte ich bezüglich Elektronik einiges dazugelernt. Mein Wunsch war es schon immer, mir eine elektronische Orgel selbst zu bauen.

Währenddessen meine Eltern in Urlaub waren, habe ich einen Bausatz bestellt und nach ein paar Tagen war die Lieferung da. Als meine Geschwister nicht zuhause waren, packte ich alles auf dem Flur aus und las erst mal die Bauanleitung. Nach kurzer Zeit merkte ich aber, dass ich damit meine Grenzen erreicht hatte und der Bau der Orgel doch nicht so einfach war. Um etwas mehr Platz im Flur zu schaffen, begann ich nun, das Gehäuse zusammenzubauen. Dies gestaltete sich so ähnlich, wie man es heute von dem schwedischen Einrichtungshaus kennt. Die Verpackung hob ich auf, denn man konnte ja nicht wissen, ob alles klappte. Als meine Geschwister heimkamen, meinte mein Bruder: „Na, da hast'e dich bestimmt übernommen." Um eine mögliche Blamage abzuwenden, wurde mein Ehrgeiz angestachelt. Für jeden Ton gab es eine eigene Leiterplatte mit vielen Bauteilen, diese habe ich in der Küche zusammengelötet.

Vor ihrer Abreise hatten meine Eltern Karl-Heinz Geld gegeben, um den notwendigen Esseneinkauf in ihrer Abwesenheit zu bestreiten. Mein Bruder hatte sich aber von einem Teil des Geldes eine Hose gekauft, so gab es bereits nach einer Woche nur Schmalkost und Brotsuppe mit Buttermilch und Rosinen. Meine Schwester motzte darüber jeden Tag, ich aber war mit dem Orgelbau beschäftigt.

Die fertig bestückten Leiterplatten legte ich in Reihe der Tonfolge auf dem Flur ab, zur Sicherheit beschriftete ich diese. Bei der Integration der Leiterplatten in den Orgelkorpus stellte sich heraus, dass einige Bohrungen zur Befestigung nicht vorhanden waren, so musste noch gebohrt werden. Als dies behoben war, stellte ich fest, dass ein Teil der Tasten keinen Kontakt zu den Platinen mit den Tönen hatte. Es wurde also wieder etwas endmontiert und der Fehler an der Kontaktleiste behoben.

Nun lief mir jedoch die Zeit davon und an einem Nachmittag standen meine Eltern vor der Tür. Als sie das Durcheinander im Flur sahen, schüttelten sie nur den Kopf. Ich aber spielte einige Töne auf der Orgel, richtig spielen konnte ich nicht. Ich erklärte ihnen, dass ich die Orgel verkaufen wollte und mir dabei einen Gewinn ausrechnete.

Der Verkauf stellte sich als sehr schwierig heraus und meine Eltern waren genervt, wenn ein Kaufinteressent kam und dann spielte. Letztendlich kaufte ein Schreinermeister aus der näheren Umgebung die Orgel und ich war froh, dass ich kaum eine finanzielle Einbuße hatte.

Grundausbildung

Als Bergmann war man vom Wehrdienst befreit. Nachdem ich aber gekündigt hatte, wurde ich nach knapp einem Jahr zur Grundausbildung eingezogen. Ich verpflichtete mich auf zwei Jahre, denn die monatliche Vergütung war bedeutend höher als beim Grundwehrdienst.

Mein Wehrdienst bei der Bundeswehr begann Anfang Januar 1962 in Alhorn, nördlich von Oldenburg. Die Grundausbildung bestand zu 80 % aus Schikanen, Erniedrigungen und bedingungslosem Drill. Wenn man das Gehirn ausgeschaltet hatte, war alles einigermaßen zu ertragen. Die Ausbilder waren zumeist Unteroffiziere und setzten alles daran, uns beizubringen, was man als Soldat brauchte. Manchmal meinte ich, ich sei in einem Verein von Schwerhörigen, denn vieles wurde nur mit Gebrüll vermittelt.

Die Unterkünfte in der Kaserne waren spartanisch ausgestattet, wir waren acht Personen im Zimmer, darin standen vier Etagenbetten, vier Doppelspinde und ein Tisch sowie ein Stuhl. Deshalb war jeder darauf bedacht, am Wochenende frei oder Urlaub zu bekommen. Dies war nicht leicht zu erreichen, denn man musste die Stubenappelle überstehen und sonst auch nicht negativ aufgefallen sein. So wischte z. B. der verantwortliche Ausbilder beim Stubenappell oben auf dem Türrahmen entlang, und wenn Staub am Finger haftete, konnten wir den Ausgang am Wochenende vergessen. Oder er hielt ein weißes Taschentuch ans Schlüsselloch und blies von der anderen Seite durch. Die Betten bestanden aus Rohrgestellen, die der Ausbilder hochhob und schaute, ob am Boden Staub zurückblieb. Auch die

Betten mussten vorbildlich gemacht und die Schränke exakt eingerichtet sein. Beim Gewehr schaute er grundsätzlich durch den Lauf, ob da nicht noch ein Staubkörnchen zu finden war. Bei mir gab es immer irgendetwas zu bemängeln und ich hatte oft Ausgehverbot oder Feuerwache.

Auf unserer Stube gab es eine Person mit sehr starken Schweißproblemen an den Füßen. Wenn er die Socken auszog und auf den Boden fallen ließ, machte es „platsch". Er trocknete seine Socken dann auf der Heizung, was uns zuerst nicht auffiel. Als wir es schließlich durch den intensiven Geruch bemerkten, forderten wir ihn auf, die Socken zum Waschen abzugeben. Das ging eine Zeit lang gut, bis die Socken wieder auf der Heizung hingen. Ich öffnete das Fenster und warf die Socken raus – diese Botschaft verstand er.

Biwak

In der Grundausbildung von Anfang Januar bis Ende März wurden wir nach Strich und Faden gedrillt. Vom Marsch mit Gasmaske, Gewehr und vollem Gepäck bis zum Nachtalarm mit anschließendem 30 km Nachtmarsch – alles stand auf der Tagesordnung.

Das Wecken beim Nachtalarm erfolgte nicht wie sonst üblich mit der Trillerpfeife auf dem Flur, hierzu wurde ein Maschinengewehr mit Platzpatronen eingesetzt. Im allgemeinen Durcheinander und in der Hektik fand ich meine Socken nicht und schlüpfte barfuß in meine Stiefel. Ich konnte ja nicht ahnen, dass anschließend ein Marsch angeordnet wurde. Meine Füße waren nach ca. 10 km übersät von Blasen und ich musste den Marsch abbrechen. Zurück in die Kaserne wurde ich mit dem Sanka gebracht, anschließend war ich eine Woche nicht einsatzfähig. Meine Socken befanden sich im Rucksack, so konnte ich das Barfußsein in den Stiefeln gut vertuschen, sonst wäre eine Feuerwache fällig gewesen. Übrigens hatten die Ausbilder kein Gepäck dabei und die Offiziere fuhren im Jeep nebenher. Nun ja, wir mussten hart gemacht werden.

Ende Januar, es gab Eis und Schnee, wurde in einem Biwaklager übernachtet. Die Zelte waren Zwei-Mann-Zelte, wobei jeder Soldat eine Hälfte der Plane im Gepäck hatte, die auch als Regenumhang benutzt werden konnte. Jeweils zwei Soldaten knöpften ihre Planen zu einem Zelt zusammen, für das Zeltgerüst wurden Äste im nahen Wald geschlagen, damit war das Zelt mehr oder weniger stabil.

Mittags gab es Erbsensuppe aus der Gulaschkanone, die war einfach klasse, ich erinnere mich noch gut daran.

Für die Nacht hatten wir Schlafsäcke und für den Untergrund suchten wir uns Laub von den Bäumen, es gab jedoch zu wenig davon. In der Nähe hatte ein Bauer auf seinem Feld einen riesigen Strohhaufen aufgetürmt. Bei Einbruch der Dunkelheit schlich ich mich dorthin und nahm einen großen Arm voll mit in unser Zelt. Zusätzlich mit einer brennenden Kerze im Kochgeschirr, die die Temperatur im Zelt um einige Grad erhöhte, schliefen wir prächtig. Von meinem Ausflug hatte kein Ausbilder etwas mitbekommen.

Am nächsten Morgen wurden die Äste, das Laub und Stroh auf einen Haufen geschichtet und ein Feuer gemacht. Dabei sah ich dann, dass sich auch andere an dem Strohhaufen bedient hatten.

Flut 1962

Die Grundausbildung bei der Bundeswehr war im Frühjahr im Außenbereich kein Zuckerschlecken, denn es gab Eis, Schnee und viel Regen. Da war es im Innenbereich schon angenehmer, wenn wir zum Beispiel das Maschinengewehr auseinander und wieder zusammenbauen mussten. Das wurde so lange geübt, bis wir alles auch bei totaler Dunkelheit ausführen konnten.

Um die Schießübungen auf dem Schießplatz zu absolvieren, mussten wir zuerst mit vollem Gepäck dorthin marschieren, natürlich mit Gesang. Bevor mit scharfer Munition geschossen wurde, erhielten wir eine Einweisung am Gewehr und feuerten Probeschüsse mit Platzpatronen ab. Danach folgte das Schießen im Liegen, dann im Stehen auf eine 50 Meter entfernte Scheibe. Wenn das Gewehr nicht fest genug mit dem Schaft an die Schulter gepresst wurde, gab es blaue Flecken – zu Anfang hatten die fast jeder.

Als wir einmal eine Schießübung mit dem Maschinengewehr hatten, verklemmte sich etwas bei meinem MG und ein kompletter Gurt mit Munition wurde abgefeuert, ohne mein Zutun. Ich war sehr erschrocken, denn über solch einen Fall waren wir nicht aufgeklärt.

Ein anderes Mal mussten wir auf dem Bauch liegend und mit beiden Händen nach vorne gestrecktem Gewehr ca. 50 Meter robben. Vor mir befand sich eine große Wasserpfütze und ich robbte daran vorbei. Als der Ausbilder das bemerkte, musste ich wieder zurück und dann natürlich durch die Pfütze hindurch. Als ich in der Mitte der Pfütze war und der Ausbilder direkt danebenstand, richtete ich mich kurz auf und ließ mich gleich wieder fallen. So war nicht nur ich, sondern auch der Ausbilder nass und voller Dreck – für mich gab es dafür wieder mal eine Feuerwache. Zurück in der Kaserne ging ich mit Kampfanzug und Gewehr unter die Dusche, weil alles total verdreckt war. Dem Gewehr machte es nichts aus, denn es wurde ja täglich eingeölt.

An meinem Geburtstag am 15. Februar hatte ich Ausgang und war mit ein paar Zimmerkollegen einige Biere kippen. In der folgenden Nacht gab es einen Alarm und wir mussten ausnahmsweise nur mit Kampfanzug, Helm und Regenbekleidung antreten. Uns wurde mitgeteilt, dass wir einen Einsatz wegen der Flut am Deich nördlich von Cuxhaven hatten und mit dem Truppentransporter zur Einsatzstelle gefahren würden.

Als wir dort ankamen, war es bereits hell, aber sehr stürmisch. Ein Teil unserer Truppe musste Sandsäcke füllen und andere diese am Deich verteilen. Teilweise stand ich bis zu den Knien im kalten Wasser und musste deshalb alle 15 Minuten zum Aufwärmen ausgewechselt werden. Für die Offiziere gab es Tee mit Rum, für uns nur heißen Tee aus der mitgeführten Kompanieküche. Einige andere und ich waren danach erkältet und hatten dienstfrei.

Werkstattwagen

Nach der Grundausbildung bei der Bundeswehr wurde ich zum Jagdgeschwader Richthofen nach Wittmund versetzt. Bereits nach kurzer Zeit schickte man mich zu einem Lehrgang zur Wartung des automatischen Piloten an der F-104.

Nach erfolgreicher Ausbildung kam ich wieder zurück in das Jagdgeschwader, aber die F-104 gab es dort noch nicht. Die Piloten flogen zu dieser Zeit noch einen amerikanischen oder kanadischen Jagdflieger. Ich war also mit meiner Ausbildung zum Nichtstun verdammt. Einziger Lichtblick war ein Werkstattwagen direkt neben den Flugzeughallen. Leider war die Ausstattung recht dürftig, deshalb brachten wir teilweise unser privates Werkzeug mit. Das wurde geduldet, weil wir uns beschäftigen konnten. Ich bastelte mit anderen Kameraden jeden Tag, nicht immer etwas Elektronisches und es diente oft dem privaten Gebrauch. In dieser Zeit habe ich einige Elektronikkurse an der Volkshochschule belegt und so mein Wissen erweitert.

Ein paar aus unserer Gruppe nutzten den Werkstattwagen auch zum Schlafen, wenn sie den Abend zuvor lange Ausgang hatten.

Der Kompaniechef ordnete einmal die Woche militärischen Dienst an und wir mussten auf dem Kasernenhof in Reihe und Glied auf Kommandos oder 10 km im Gelände mit Gesang marschieren. Nach dem Marsch meldeten sich einige krank, da sie es nicht gewohnt waren, in einer technischen Einheit zu marschieren. Durch das Fehlen von technischem Personal konnten einige Flieger nicht gewartet werden und somit kamen die Piloten nicht auf ihre monatlichen Sollflugstunden. Ab und zu machten die

Piloten gut Wetter bei uns und brachten einen Kasten Bier vorbei – die Gesundung war dann erheblich verkürzt.

Als die ersten sechs F-104-Jagdflieger geliefert wurden, hatten die Piloten nur vereinzelt die ersten Lehrgänge auf dieser Maschine und es dauerte noch Monate, bis die erste F-104 vom Boden abhob. Unsere tägliche Aufgabe war es, dass wir morgens die Maschinen vor die Halle schoben und abends wieder zurück.

Die Elektroniker für den Flugregler, zu denen ich gehörte, hatten nur einmal die Woche die Gelegenheit, ihre Geräte an den Maschinen zu testen. Da der automatische Pilot nur mit eingefahrenem Fahrgestell funktionierte, musste sich einer von uns immer unter die Maschine legen und einen Schalter im Fahrgestellschacht festhalten. Ich bastelte eine Klammer, die den Schalter festhielt. Damit man die Klammer nicht vergaß, befestigte ich ein rotes Band daran. Mein Einsatz hatte sich gelohnt, ich bekam einige Tage Sonderurlaub zum Ende meiner Dienstzeit.

Elektrischer Schlag

Nach der Bundeswehr bekam ich eine neue Arbeitsstelle bei „Blaupunkt". Die Zeit bis zu dessen Antritt nutzte ich und verkaufte im Kaufhaus „Horten" an einem Sonderstand „Dezifix", eine selbstklebende Folie in unterschiedlichen Mustern. Man konnte damit Möbel, Küchenfrontseiten etc. bekleben und manchmal auch verschönern. Ich habe diese Folien auch privat eingesetzt und dabei festgestellt, dass sie Probleme bei hohen Temperaturen hatten. Sie zogen sich zusammen und es gab daraufhin einen Spalt zwischen zwei beklebten Flächen oder an den Kanten.

Bevor ich bei „Blaupunkt" in der Messgerätereparatur eingesetzt werden konnte, musste ich einen betriebsinternen Lehrgang absolvieren. Diese Reparaturabteilung leistete sich „Blaupunkt", weil eine Reparatur auswärts mehr Zeit in Anspruch genommen hätte. So wurden intern alle Messgeräte gewartet, geeicht und repariert, die an den Bändern für Autoradios und Fernseher benötigt wurden. Röhrenvoltmeter wurden an allen Bändern eingesetzt und ich war mit einem Kollegen für die Reparaturen zuständig. Die häufigsten Fehler waren defekte Röhren, durchgebrannte Widerstände oder ungenaue Messinstrumente, meist nach unsanfter Behandlung des Gerätes. Es gab aber auch seltene Defekte wie zum Beispiel ein Kontaktfehler am Drehschalter, womit der jeweilige Messvorgang eingestellt wurde. Bei den einfachen Reparaturen konnte man den Fehler bereits nach dem Öffnen des Gerätes sehen. Bei Kontaktfehlern musste man erst einmal suchen, und wenn man ihn ausgemacht hatte, versuchte man es erst mit Kontaktspray, bevor man den kompletten Drehschalter austauschte.

Einmal war ich auf der Suche, um festzustellen, welcher Kontakt keine Verbindung herstellte. Dazu hielt ich das Gerät in der linken Hand und tastete mit einem Schraubenzieher in der rechten Hand jeden einzelnen Kontakt ab. Diese Fehlersuche konnte natürlich nur bei eingeschaltetem Gerät durchgeführt werden, welches mit 220 Volt betrieben wurde. Durch eine Unachtsamkeit meinerseits rutschte ich mit dem Schraubenzieher ab und geriet an die 220 Volt. Da der Schraubenzieher nicht isoliert war, bekam ich einen Dauerschlag, weil sich meine linke Hand mit dem Gerät verkrampfte und ich es nicht loslassen konnte. So stieg ich auf den Arbeitstisch, trat auf die Netzschnur und hob ruckartig die Hand mit dem Gerät, das daraufhin auf den Arbeitstisch fiel. Mein Arbeitskollege hatte erst dann von dem Vorfall etwas mitbekommen. Ich zitterte am ganzen Körper und mir war hundselend schlecht, deshalb brachte man mich sofort zum Betriebsarzt.

Ich erholte mich jedoch recht schnell von diesem Arbeitsunfall. Um solche Fälle für die Zukunft zu vermeiden, hatte man in erreichbarer Höhe quer durch die Werkstatt eine Reißleine angebracht, womit die kompletten 220 Volt ausgeschaltet werden konnten.

Im Dreiländereck

Nach einiger Zeit füllte mich die Arbeit in der Messgerätereparatur bei „Blaupunkt" nicht so richtig aus, ich wollte mich fortbilden. Hinzu kam noch, dass Christa eine Fortbildung in Schweinfurt machte und mich der Ehrgeiz packte. So meldete ich mich beim „Technikum Weil am Rhein" zur einjährigen Ausbildung zum Hochfrequenztechniker an. Die Studiengebühren wurden vom Arbeitsamt übernommen. Da ich einiges angespart hatte sowie sonst auch sehr sparsam war und nicht rauchte, konnte ich mir den Aufenthalt leisten.

Mit einem Studienkollegen teilte ich mir ein Zimmer in einer Mansarde im alten Zöllnerviertel in Weil am Rhein. Mein Anteil an der Zimmermiete waren 30 DM und mit Essen und Trinken versorgten wir uns im Supermarkt. Ich musste mit meinem Geld recht knauserig sein, denn von meinen Eltern bekam ich keine Unterstützung. Nur einmal die Woche trafen wir uns mit anderen Studienkollegen mal zum Essen in einer Dorfwirtschaft. Da ich weder ein Auto noch ein Fahrrad hatte, musste ich alles zu Fuß erledigen. Dies war jedoch kein Problem, da sich alles, was ich benötigte, im Umkreis von 500 Metern befand. Mein Zimmerkollege war sehr umgänglich, er rauchte ebenfalls nicht und wir passten gut zusammen. Nur eins störte mich an ihm: Wenn er sich auf das Bett legte, hatte er für einige Minuten Niesanfälle. Aber mit der Zeit gewöhnte ich mich auch daran.

Da es von unserem Wohnort ungefähr ein Kilometer bis zur Grenze in die Schweiz war, wurde ich am Wochenende Grenzgänger und kaufte mir ab und zu Schokolade. Nach kurzer Zeit kam mir die Idee, meine Studienkollegen mit Zigaretten, Schokolade und Kaffee zu versorgen, denn dies war in der Schweiz erheblich günstiger. Für mich blieb unterm Strich dabei einiges übrig, das ich auch dringend benötigte.

Das Geschäft florierte immer mehr und ich wurde zum Kleinschmuggler. Die reguläre Ware zeigte ich an der Grenze vor und das, was zu viel war, versteckte ich am Körper. Da ich öfter die Grenze passierte, war ich bereits bei den Zöllnern bekannt. Ein mulmiges Gefühl hatte ich aber trotzdem jedes Mal.

Führerschein

Das Studium in Weil am Rhein forderte mich ganz, machte mir aber Spaß, denn ich hatte ja mit meinem anfänglichen Hobby und dem Einstieg in die Elektronik das nun zum Beruf gemacht. Wir Studierenden verstanden uns prächtig, es war immer jemand da, wenn wir Hilfe brauchten.

Zwei Monate vor dem Ende meines Studiums zum Hochfrequenztechniker meldete ich mich in einer Fahrschule für den Führerschein an. Das Geld für die ersten Fahrstunden hatte ich durch den Verkauf meiner Schmuggelware erhalten. Da ich mit einem Studienkollegen auf einem Parkplatz bereits mehrfach geübt hatte, brauchte ich nur sechs Fahrstunden. Das Problem war jedoch, dass die Fahrprüfung zwei Tage vor Ende des Studiums stattfand. So stand ich unter Druck, denn ich musste diese Prüfung bestehen. Eine Wiederholung wäre sonst zu teuer geworden, weil ich zu diesem Zeitpunkt bereits in einer anderen Stadt eine neue Arbeitsstelle antrat. Außerdem musste ich noch einiges für die Abschlussprüfungen fürs Studium lernen und in den Firmen Vorstellungsgespräche absolvieren.

Ich kümmerte mich erst recht spät um eine erste Anstellung als Techniker. Als die Ersten von ihren Vorstellungsgesprächen zurückkamen, wurden sie natürlich ausgehorcht, wie es gelaufen sei. Unser Klassenprimus bekam einen Arbeitsvertrag mit einem Anfangsgehalt von 900 DM. Da ich mich im vorderen Mittelfeld bewegte, war für mich klar, dass ich mit ruhigem Gewissen 800 DM verlangen sollte. Im Münchner Raum besuchte ich vier Firmen, wobei mir die „Junkers Flugzeug- und Motorenwerke" am meisten zusagten. Als ich meine Gehaltsvorstellungen kundtat, sagte mein späterer Chef: „Unter 800 DM wird bei uns kein Techniker eingestellt."

Es war eine gute Lektion für mich, denn wenn ich mehr verlangt hätte, wäre das mein Anfangsgehalt gewesen. Die Vorstellungsgespräche hatte ich so gelegt, dass ich zum Beispiel in München an einem Tag zwei Firmen besuchte und dann meine Spesen und Fahrtkosten doppelt abrechnete. Das übrige Geld kam mir gerade recht, da ich noch welches für die Fahrprüfung brauchte.

Zwei Tage vor dem Ende des Studiums war nun die Fahrprüfung und ich sichtlich nervös, deshalb bestand ich die schriftliche Prüfung nur mit Ach und Krach. Aber bei der praktischen Prüfung klappte alles wie am Schnürchen, selbst der Fahrlehrer war erstaunt und ich sehr erleichtert und überglücklich.

Schwabing

Bevor ich meine neue Arbeitsstelle in der Raumfahrt bei „Junkers" antrat, musste ich mich um eine Unterkunft in München kümmern. Da ich die Zimmermieten dort kannte, war mir klar, dass mein Anfangsgehalt dafür sehr bescheiden war. Die akzeptablen Angebote auf dem Immobilienmarkt konnte man an einer Hand abzählen, so bezog ich ein kleines möbliertes Zimmer im Herzen von Schwabing.

Die alleinstehende Vermieterin war um die vierzig Jahre und sehr hübsch. Die Küche und das Bad konnte ich mitbenutzen, musste mich aber den Gepflogenheiten der Vermieterin anpassen. Es gab bestimmte Zeiten, in denen sie das Bad belegte, ich jedoch zur Arbeit musste. So stand ich entweder früher auf und ging ins Bad oder ich putzte meine Zähne auf der Arbeit. Die Vermieterin kleidete sich in der Wohnung sehr offenherzig, und wenn sie duschte, war die Badtür meist nur angelehnt. Vermutlich wollte sie mich damit nervös machen oder hatte sich etwas erhofft. Ich jedenfalls blieb standhaft und tat so, als wäre es das Normalste der Welt.

Bei meinen Ausflügen in das Schwabinger Nachtleben stellte ich fest, dass alles sehr teuer war. Ich machte in dieser Zeit viele Überstunden, was ich gern tat, weil ich dann keine Zeit für Vergnügungen hatte und so meinem Ziel näherkam, mir ein gebrauchtes Auto anzuschaffen. Da mich mein Chef immer wieder für Sonderarbeiten einsetzte und ich dafür Interesse zeigte, wurde mein Gehalt bereits nach einem halben Jahr um 500 DM erhöht.

Aus diesem Grund konnte ich mein Ziel bereits nach knapp einem Jahr verwirklichen und mir einen gebrauchten Opel Kadett kaufen. Nur hatte ich nicht bedacht, dass in Schwabing eine absolute Parkplatznot bestand. Wenn ich später als 17 Uhr in Schwabing ankam, musste ich das gesamte Viertel abfahren, um einen Parkplatz zu finden. Am nächsten Morgen hatte ich Schwierigkeiten, mein Auto zu finden, denn ich konnte mich oft nicht erinnern, wo ich den Wagen abgestellt hatte.

An den Tagen, an denen ich Überstunden machen musste, ließ ich mein Auto auf dem Firmenparkplatz oder in Schwabing stehen. Dieser Zustand nervte mich dermaßen, dass ich mich auf eine erneute Zimmersuche begab.

Vorgarten

Bereits nach einem Jahr bei „Junkers" wurde mein Gehalt nochmals angehoben und so konnte ich meinen gebrauchten Opel Kadett öfters nutzen. In der Zwischenzeit war ich von Schwabing in die Hofangerstraße umgezogen und hatte dort einen Abstellplatz.

Im Haus gab es drei untervermietete Zimmer, wobei jeweils eins von mir, einem Arbeitskollegen und einer Bedienung belegt war. Unsere Zimmer waren sehr spartanisch ausgestattet und die Toilette befand sich im Treppenhaus.

Mein Arbeitskollege hatte vom Kochen null Ahnung, so wollte er einmal mit einem Tauchsieder eine Dose Linsen aufwärmen. Das Ergebnis war, dass sich um den Tauchsieder ein verbrannter Klumpen bildete. Einmal machte er Wiener Würstchen im Wasserkessel mit einer kleinen Öffnung warm. Leider hatte er dabei übersehen, dass die Würstchen beim Warmwerden aufquellen und so bekam er sie nicht mehr aus dem Wasserkessel. Er musste dann warten, bis alles wieder kalt war, um die Wiener mit einer Stricknadel aus der kleinen Öffnung zu angeln.

An den Wochenenden machte ich kleinere Ausflüge in die nähere Umgebung Münchens oder fuhr mit Freunden zu diversen Veranstaltungen. Zu meiner Mitbewohnerin hatte ich ein gutes Verhältnis geknüpft, denn sie bediente in einer Gaststätte unweit unseres Hauses. Einmal besuchten wir zu viert eine Veranstaltung im „Kronebau", meine Mitbewohnerin war auch dabei. Während der Veranstaltung schloss sich uns ein weiterer Arbeitskollege an und machte meiner Mitbewohnerin schöne Augen. Als es um die Organisation der Heimfahrt ging, wollte er bei mir mitfahren, aber ich sagte ihm, dass das Auto nur ein Viersitzer sei und er deshalb nicht mitfahren könnte. Vermutlich war ich eifersüchtig, hatte aber damit die Sache geklärt.

Ein anderes Mal war ich im Biergarten der Versuchsbrauerei und hatte etwas zu viel getrunken. Da es von Neubiberg bis zur Hofangerstraße nicht sehr weit war, fuhr ich, obwohl ich alkoholisiert war, mit meinem Auto zurück. Am nächsten Morgen klopfte die Vermieterin energisch an meiner Tür, ich sollte sofort aus dem Fenster schauen. Ich sah deutliche Reifenspuren im Vorgarten, war mir aber nicht bewusst, dass diese von meinem Auto stammten. Vermutlich war während der Heimfahrt der Alkoholspiegel weiter angestiegen und ich hatte dann buchstäblich mit meinem Auto im Vorgarten gewendet. Ich kümmerte mich umgehend um den Schaden und überreichte der Vermieterin einen großen Blumenstrauß zur Versöhnung.

Streiche

Obwohl wir auf der Arbeit meist stark gefordert waren, hatten wir in der Mittagspause immer mal Zeit, um diverse Streiche auszuführen. Zu meinem Bedauern muss ich eingestehen, dass es leider zu oft immer die gleiche Person traf. Höchstwahrscheinlich war es seine Art und Reaktionen, mit diesen Streichen umzugehen.

Ein Mitarbeiter, Herr Maier, trank seinen Kaffee mit Milch und Zucker, dazu nahm er stets Dosenmilch und Zuckerwürfel. Wir präparierten die Zuckerwürfel, indem wir in der Mitte ein Loch bohrten und dieses mit Salz wieder auffüllten. Der Kaffee war dadurch natürlich ungenießbar, aber Herr Maier trank ihn, ohne eine Miene zu verziehen und wir waren etwas enttäuscht.

Wir nahmen uns nun seine Dosenmilch vor, lösten sehr vorsichtig die Papiermanschette, bohrten seitlich ein Loch in die Dose und entnahmen die Hälfte der Milch. Anschließend füllten wir Wasser nach und löteten das Loch wieder zu. Zum Abschluss verklebten wir die Papiermanschette wieder an der Dose und stellten diese zurück zu seinen Kaffeesachen. Als er dann später die Milch in seinen Kaffee gab, hatte der Kaffee nicht die sonstige Farbe. Als er ihn probiert hatte, schimpfte er lautstark auf den Supermarkt, wo man ihn anscheinend betrogen hatte. Wir mussten notgedrungen unseren Streich zugeben, denn Herr Maier wollte sich beim Supermarkt beschweren.

Ein anderes Mal hatte er in der Mittagspause seine Schuhe ausgezogen und ein kleines Nickerchen gemacht, was uns natürlich dazu verleitete, die Schuhe zu verstecken. Als der Chef dazukam und

Herrn Maier mit Socken im Labor herumlaufen sah, klärten wir die Sache so auf, indem wir sagten, dass die Schuhe zum Lüften außen auf dem Fensterbrett ständen.

Unsere Telefonistin brachte ab und zu ihren Hund mit an die Arbeit, der meist unter ihrem Schreibtisch schlief. Dabei träumte der Hund und gab manchmal sehr lautstarke Geräusche von sich, die man wegen der dünnen Trennwände nebenan in der kleinen Werkstatt entsprechend mitbekam. Als die Telefonistin in der Mittagspause war, bohrten wir ein Loch an der Stelle in die Wand, an der der Hund sonst immer lag. Als die Telefonistin mit ihrem Hund zurückkam und der Hund wieder unter dem Schreibtisch lag, sprühten wir etwas Kältespray durch das Loch. Der Hund bellte daraufhin sehr laut und die Telefonistin konnte die Anrufe nicht mehr verstehen. Dem Hund passierte durch das Kältespray nichts, aber ins Büro wurde er nicht mehr mitgenommen.

Haarteil

Bei „Junkers Flugzeug- und Motorenwerke" arbeitete ich erstmals in einem größeren Team. In dem Gebäude in der Münchner Anzingerstraße befand sich die Entwicklung auf drei Etagen, davon waren im Erdgeschoss die Antennenabteilung, in der Mitte die Büros der technischen Leitung und im oberen Stockwerk die Entwicklungsabteilung, eine kleine Werkstatt sowie die Telefonzentrale untergebracht. Die Ingenieure arbeiteten in einem Labor zu viert und in einem Vorraum die Techniker, zu denen ich gehörte. Jeder war einem Ingenieur zugeteilt. Das, was sich die Ingenieure ausgedacht hatten, wurde von uns Technikern in die Praxis umgesetzt.

Manchmal waren die Vorgaben, wie zum Beispiel die Größe des Gehäuses oder die Abmaße der Leiterplatte, auf der alles untergebracht werden musste, recht schwierig zu erfüllen. Wenn wir die Aufgaben gelöst hatten, testeten die Ingenieure ihr Bauteil auf Funktion und Temperaturstabilität. Nach und nach wurden die einzelnen Bauteile zu einem Gerät oder Einschub für ein großes Gestell integriert. Hierzu waren wir Techniker wieder für die Verkabelung der Einschübe sowie der Gestelle zuständig.

Mir machte die Arbeit viel Spaß, denn es gab immer wieder neue Herausforderungen. Wir waren auch zuständig für den Bauteilenachschub und hatten deshalb einen guten Kontakt zum Einkauf. Das Erteilen von Arbeitsaufträgen für die Werkstatt im Nachbargebäude gehörte ebenso zu unserem Aufgabengebiet. Hierzu musste aber immer erst die Arbeitsvorbereitung eingeschaltet werden. Da alles gut überschaubar und der Kontakt zur Werkstatt sehr gut war, wurden die Arbeiten in kürzester Zeit erledigt.

Ab Freitagmittag wurden jedoch die Maschinen und die Werkstatt geputzt, dann hatten auch Sonderwünsche Pause. An irgendeinem solchen Freitag verirrte sich eine Putzwolle vom Maschinenputz auf dem Hof und wurde vom leichten Wind hin und her geweht. Einer unserer Ingenieure hatte etwas schütteres Haar, und als er über den Hof ging, rief ein Kollege: „Herr Huber, da fliegt Ihr Haarteil!" Der Ingenieur fand das nicht lustig und ging einfach weiter. Da ich in der Nähe stand, musste ich laut lachen, jedoch fand das im Nachhinein keinen Beifall beim Verunglimpften und ich entschuldigte mich bei ihm.

Rettungsboje

Mein Arbeitseinsatz bei „Junkers" war abhängig von den Aufträgen, so arbeitete ich über ein Jahr für diverse Projekte in der Antennenabteilung. An ein Projekt erinnere ich mich noch sehr genau, da ich am Ergebnis einigen Anteil hatte.

Die Aufgabe bestand darin, eine Rettungsboje mit einer Sendeantenne auszustatten. Diese Rettungsboje sollte von einem beschädigten U-Boot an die Meeresoberfläche geschickt werden und einen Hilferuf senden, damit das U-Boot gefunden würde. Die Anforderungen an diese nur 15 cm hohe, konische Antenne waren sehr groß, denn sie musste nach dem Auftauchen noch funktionieren. Es waren viele Versuche und Modelle notwendig, um ein zufriedenstellendes Ergebnis zu erhalten. Auch der hohe Schwimmkörper für die Rettungsboje war eine Herausforderung, denn er bestand aus einer unteren und einer oberen gleichgroßen Hälfte mit der Antenne. Die Herstellung des Schwimmkörpers aus Epoxidharz war eine der Sonderaufgaben meines Chefs und meine Arbeiten musste ich, wegen der Dämpfe, außerhalb des Labors in einer Garage ausführen. Auf einem Alu-Formteil wurde das Epoxidharz gemischt mit einem Härter und Glasfasermatten in mehreren Schichten aufgetragen. Anfangs stimmte das Mischungsverhältnis von Harz und Härter nicht und ich konnte die Schwimmteilhälfte nicht in einem Arbeitsschritt herstellen, dies war aber wegen der Festigkeit vorgegeben. Da ich nur ein Formteil hatte und die gefertigte Halbschale noch austrocknen musste, konnte ich maximal zwei davon am Tag herstellen.

Nun hatte ich die Idee, das Alu-Formteil vor der anschließenden Bearbeitung in einem Wärmeofen auf 40 Grad aufzuheizen. Dadurch wurde meine Bearbeitungszeit erheblich verkürzt und ich konnte vier Halbschalen täglich fertigen. Eine Nachbearbeitung in der Werkstatt war notwendig, um die beiden Hälften zu einer Einheit zusammenzufügen. Die Integration der Batterie und der Elektronik sowie der Antenne machten die Rettungsbojen komplett. Für einen Versuch mussten wir insgesamt zwanzig komplette Rettungsbojen herstellen.

Mein Einsatz wurde schließlich noch finanziell honoriert. Ob diese Rettungsbojen auch irgendwann einmal eingesetzt wurden, entzieht sich meiner Kenntnis, aber es war eine sehr interessante Arbeit.

Bastelschublade

Es soll nicht der Eindruck entstehen, dass die Arbeitstage bei „Junkers" nur mit Streichen und Basteleien vollbracht wurden. Aber in den Pausen ließ man der Fantasie freien Lauf, so gab es mancherlei Elektronisches zu basteln. Dass hierzu auch Material aus Firmeneigentum verwendet wurde, erklärten wir fadenscheinig damit, dass die Firma ja auch einen Vorteil dadurch erlangte, wenn wir mit der Bastelei unser Wissen erweiterten.

Elektronische Bauteile waren immer gefragt, so hatte ein Ingenieur eine Schublade mit Bauteilen bestückt und die Schublade mit „Bastelmaterial" beschriftet. Diese hatte es jedoch in sich, denn darin befanden sich aufgeladene Kondensatoren, die sich mit einem kleinen Schlag entluden, wenn man die Anschlussdrähte berührte. Es gab auch einen kleinen Drucktastenschalter, der so präpariert war, dass – wenn man auf die Taste drückte – in der Mitte der Taste eine Nadel zum Vorschein kam, die dann in den Finger pikste. Ich muss zugeben, dass ich auch auf beides hereingefallen bin, und wenn Fremde in unsere Abteilung kamen, schauten wir den nächsten Opfern zu.

Zur Mittagspause kam regelmäßig die Sekretärin unseres Hauptabteilungsleiters zum Zeitunglesen in unser Zimmer. Uns störte aber, dass sie dann immer das Fenster weit öffnete. Das brachte uns auf eine Idee, wie wir das verhindern konnten. Wir legten einen kleinen Knaller aus einem Zimmerfeuerwerk etwas versteckt auf den Tisch. Davor bauten wir eine Vergrößerungslupe so auf, dass sich, wenn die Mittagssonne richtig stand, die Zündschnur des Knallers entzündete. Hierzu musste aber das Fenster geöffnet sein. Durch zwei Probeläufe konnten wir alles optimal einstellen. Am nächsten Tag zur Mittagspause verließen wir das Zimmer, als die Sekretärin es betrat. Es dauerte nicht lange, dann gab es den gewünschten Knall und die Sekretärin verließ fluchtartig unseren Arbeitsraum. Sie wollte sich bei ihrem Chef über uns beschweren, denn uns hatte sie in Verdacht, aber das Corpus Delicti war ja verpufft.

Die Sekretärin kam von da an nicht mehr zum Zeitunglesen in unser Arbeitszimmer. Einige Zeit später gestanden wir jedoch unsere Missetat ein und entschuldigten uns mit einer Schachtel Pralinen.

Überschlag

Ich besuchte zweimal im Jahr meine Eltern, die zu dieser Zeit in Heiersum bei Hildesheim wohnten. Bei diesen Besuchen traf ich mich auch manchmal mit meinen Jugendfreunden in einer Gaststätte zum Essen in der Hildesheimer Innenstadt. Als Zweitwagen hatte ich einen Opel Kadett Coupé gekauft und besuchte damit meine Eltern. Meine Mutter hatte fortwährend Angst, dass ich in der Fremde verhungern würde, so wurde mein Auto auf der Rückfahrt fast immer zum Lebensmitteltransporter.

Bei einer der Rückfahrten war es sehr windig und ich verstaute Konserven, Marmeladen, Kartoffeln etc. nicht im Kofferraum, sondern verteilte sie im Fußraum vom Fahrzeug, um die Bodenhaftung zu verbessern. Die Autobahn zwischen Fulda und Würzburg war damals noch nicht fertig und ich musste über die Landstraße durch die Rhön fahren. Bis dahin ging alles gut, aber als ich an einer Bergkuppe ankam, begann es, große Flocken zu schneien. Dann machte ich einen großen Fehler. Ich nahm den Fuß zu schnell vom Gaspedal, und da am Auto nur Sommerreifen montiert waren, begann der Wagen zu schleudern. Auf der rechten Seite war ein Abhang und auf der linken Seite eine Böschung. Ich steuerte auf die Böschung zu und übersah dabei, dass sich zwischen Straße und Böschung ein tiefer Graben befand. Ich landete schräg im Graben und das Fahrzeug überschlug sich. Ich reagierte noch, indem ich beide Arme und Beine ausstreckte und spreizte.

Mein Auto rutschte zirka 50 Meter auf dem Dach liegend mit dem flachen Heck voraus an der Böschung entlang und kippte dann aufgrund der Schräglage auf die Räder zurück. Zum Glück gab es zu diesem Zeitpunkt keinen Gegenverkehr und es dauerte nicht lange, bis Hilfe kam. Ich war unverletzt, befand mich jedoch auf dem Rücksitz und meine Füße hingen über die Rückenlehne, was dem Helfer zu der Aussage veranlasste:

„Na, wenn Sie so Auto fahren, ist es kein Wunder, dass Sie diesen Unfall produziert haben."

Hinzu kam, dass die Lebensmittel im Wagen verteilt waren und der Staub von den Kartoffeln noch im Innenraum schwebte. Mir war nicht zum Lachen zumute, denn ich hatte noch den Schrecken in den Gliedern. Zu meiner Verwunderung lief der Motor noch und es gab keinen Glasschaden, jedoch gab es am Fahrzeug keine Stelle ohne Beulen.

Beim Zurückkippen auf die Räder wurden zwei Felgen beschädigt, so konnte ich nur im Schritttempo zur nächsten Werkstatt fahren und die Felgen wechseln. Danach setzte ich mit einem mulmigen Gefühl die Rückfahrt nach München fort.

Gabriele

Christa und ich hatten uns bereits während der Ausbildung aufgrund der örtlichen Entfernung getrennt.

In der Münchner Hofangerstraße wohnte Renate ebenfalls zur Untermiete und arbeitete als Bedienung im „Hofangerstüberl" bei ihrer Mutter. Nach meinem Feierabend kehrte ich öfters in der Wirtschaft ein und aß eine Kleinigkeit.

Renate und ich lernten uns immer besser kennen und aus einer anfänglichen Freundschaft wurde eine feste Beziehung. Nach einiger Zeit wurde Renate schwanger und wir heirateten standesamtlich sechs Wochen vor Gabrieles Geburt im Standesamt am Maria Hilfplatz.

Es war voraussehbar, dass wir nicht mehr zur Untermiete wohnen konnten, deshalb mieteten wir eine kleine bezahlbare Wohnung in der Münchner Kiefernstraße. Für Gabriele hatten wir ein Kinderbettchen auf Rädern, das wir täglich über Nacht vom Wohnraum in die kleine Küche schoben. Renate arbeitete nach dem Mutterschaftsurlaub überwiegend abends in den „Glockenstuben" am Viktualienmarkt und ich betreute in ihrer Abwesenheit unsere Tochter. Gabriele zu baden, war so eine Sache, denn immer kurz nach dem Baden verrichtete sie ihr Geschäft und ich musste sie nochmals baden. Es half auch nichts, wenn ich sie vorher länger auf den Topf setzte.

Manchmal musste Renate länger arbeiten und es fuhren keine öffentlichen Verkehrsmittel mehr. An diesen Tagen holte ich Renate von der Arbeit ab, denn ein Taxi war in den Nachtstunden zu teuer.

Im Haus gab es noch sieben weitere Appartements mit überwiegend jungen berufstätigen kinderlosen Paaren. Dadurch war unsere Gabriele immer der Mittelpunkt.

Das Haus in der Kiefernstraße befand sich am Rande einer amerikanischen Wohnsiedlung und wir hatten guten Kontakt zu den Familien. Über diese Kontakte konnten wir günstig Lebensmittel in deren Supermarkt einkaufen. Im September veranstaltete man in der Siedlung ein kleines Oktoberfest mit riesiger Auswahl von Hamburgern in Selbstbedienung, was ich sehr genoss. In der Weihnachtszeit schmückten die Amerikaner ihre Häuser mit vielen bunten Lichtern und leuchtenden Figuren. Wenn wir dann am frühen Abend mit Gabriele durch die Siedlung fuhren, bekam sie große Augen und ihr Mund war vor Erstaunen geöffnet.

Zelturlaub

Für unseren Urlaub in Italien hatte uns mein Vater sein schon etwas älteres Steilwandzelt mit zwei Schlafkabinen geliehen. Meine Frau hatte meine Schwiegermutter in den Urlaub eingeladen. Da mein Opel Kadett Coupé für die Unterbringung von Gepäck und Zelt zu wenig Platz bot, baute ich die Rückbank aus. Auf der Fahrt saß meine Schwiegermutter auf dem Beifahrersitz und meine Frau und Gabriele auf dem Zelt im hinteren Teil des Wagens. Da das Sitzen auf dem Zelt sehr unbequem war, machten wir in Kärnten einen Zwischenstopp auf einem Zeltplatz. Wir kamen dort ziemlich spät an und wunderten uns, dass es in einer kleinen Senke noch einen freien Platz gab.

Wir bauten unser Zelt auf, aßen Abendbrot und gingen dann schlafen. In der Nacht hörte ich, dass es regnete, machte mir aber keine Sorgen, denn das Zelt war ja dicht. Als ich am nächsten Morgen erwachte und das Zelt öffnete, sah ich meine Schuhe schwimmend im Wasser. Als ich aus dem Zelt stieg, saßen ringsum die anderen Camper oberhalb der Senke und schauten amüsiert. Als meine Schwiegermutter aufwachte und barfuß vor das Zelt trat, winkte sie den Gaffern zu und sagte: „Wir lieben ein Morgenbad."

Wegen des nassen Zeltes mussten wir noch einen weiteren Tag auf dem Zeltplatz bleiben, bauten es jedoch an einer anderen Stelle auf. Die anderen Camper unterstützten uns dabei.

Der NSU-Campingplatz in Jesolo war vorbildlich ausgestattet und wir bekamen einen sehr schönen Platz. Es stellte sich heraus, dass das Zelt schon ziemlich altersschwach war, denn wenn meine Schwiegermutter über die Zeltabspannungsleinen stolperte, gab es immer wieder Risse im Zelt. So war sie damit beschäftigt, die Risse zu nähen.

Unsere Tochter hatte rotblonde lange lockige Haare und sah mit ihren drei Jahren aus wie ein kleiner Engel. Bei den Italienerinnen löste sie Entzücken aus und sie wurde oft auf den Arm genommen. Wir bekamen Bedenken, dass man Gabriele entführen könnte, so waren wir immer zugegen, wenn sie sich weiter vom Zelt entfernte.

In der letzten Urlaubsnacht regnete es, unser Zelt war vollkommen durchnässt und damit viel zu schwer für den Rücktransport. Wir sagten den Nachbarn Bescheid, dass wir das äußere Zelt nicht mehr mitnahmen, was dazu führte, dass das Zelt, hauptsächlich wegen des Stangengerüstes, in kürzester Zeit abgebaut war. Die Innenkabinen benötigten wir für den Rückbankersatz im Auto. Meinem Vater musste ich nun schonend beibringen, dass es sein geliebtes Steilwandzelt nicht mehr gab.

Kleintiere

Bei einem Besuch im Baumarkt steuerte unsere Tochter direkt in die Kleintierabteilung und so kam, was kommen musste: Sie wünschte sich ein kleines Meerschweinchen. Vom Verkäufer erhielten wir aber den Hinweis, dass Meerschweinchen gesellige Tiere seien und man sich deshalb zwei Tiere anschaffen sollte. Ich war diesbezüglich allerdings sehr zurückhaltend, wurde jedoch aufgrund der weiblichen Übermacht überstimmt und wir kauften zwei Tiere.

Alles, was neu ist, hat für Kinder einen besonderen Reiz, aber nach kurzer Zeit war die ursprüngliche Begeisterung verflogen und meine Frau und ich mussten die Tiere füttern und den Käfig putzen. Anfänglich, als die Tiere noch klein waren, stand der Käfig im Wohnzimmer, später, als der Geruch intensiver wurde, stellten wir ihn, außer in den Wintermonaten, auf den Balkon. Das Heu, die Hobelspäne und das Futter lagerten wir ebenfalls dort.

Eines Tages stellte ich fest, dass sich irgendwer an dem Futter bediente. Zuerst hatte ich Vögel in Verdacht und versteckte das Futter in einem unbenutzten Futterhäuschen, aber der Futterdieb war weiter am Werk. Ich setzte mich auf den Balkon und beobachtete das Futterhäuschen, und tatsächlich: Nach einer Weile kam eine kleine Maus und verschwand im Futterhäuschen. Ich nahm einen Bierdeckel und versperrte das Eingangsloch, dann hielt ich das Futterhäuschen über die Balkonbrüstung und entfernte den Bierdeckel. Die Maus erblickte ihre Freiheit, sprang aus dem Futterhäuschen und fiel dabei vom 7. Stockwerk auf die Wiese vorm Haus. Der Maus war nichts passiert, denn ich sah, wie sie durch das Gras davonlief und verschwand.

Wie die Maus in den 7. Stock gelangt war, konnte ich mir nur so erklären, dass sie an dem rauen Außenputz des Hauses emporgeklettert war. Danach lagerten wir das Futter in einer verschließbaren Blechdose und von nun an hatten wir keinen Mäusebesuch mehr.

Urlaub in Ungarn

Meine Schwägerin war mit einem Ungarn verheiratet und schwärmte uns immer vor, wie schön und günstig ein Ungarnurlaub sei. So mieteten wir uns für insgesamt acht Personen ein Ferienhaus direkt am Plattensee/Balaton und fuhren mit zwei Pkws dorthin.

An der Grenze von Österreich nach Ungarn wurden wir intensiv kontrolliert bezüglich Schmuggelware. Als wir schließlich in unserem Ferienhaus ankamen, wollten wir gleich in den See, um uns abzukühlen. Da erwartete uns eine unangenehme Überraschung, denn im Wasser des Uferbereiches schwamm auf einer Breite von drei Metern eine dicke Schicht unzähliger Marienkäfer. Nur mit Widerwillen wateten wir hindurch und mussten unsere Kinder tragen, denn sie weigerten sich, da durchzugehen.

Zum Einkaufen gingen wir ins nahe Stadtzentrum und fanden dort einen Fleischerladen mit hervorragender Ware. Für unsere Verhältnisse kostete das Filet nur einen Bruchteil von dem, was wir in Deutschland dafür hätten zahlen müssen. Deshalb bestellten wir im Voraus für die Urlaubszeit für jeden zweiten Tag 1 kg Filet.

Wein gab es beim Bauern in unserer Nachbarschaft, der mit einem Heber aus einer großen Milchkanne abgefüllt wurde. Die Qualität der Weine war sehr unterschiedlich, deshalb probierten wir jedes Mal den Wein, bevor wir unseren Kanister füllen ließen.

Die Frauen kümmerten sich um das Essen und wir Männer uns um unsere Kinder. Hinter dem Haus lag ein kleiner gefällter Baum, der uns zum

Schnitzen anregte. So entstanden mit der Zeit kleine Boote, Flöten und Holzschwerter. Am Urlaubsende war von dem Baum nur noch das dünne Astwerk übrig.

In der zweiten Urlaubswoche gingen wir an einem Abend zum Essen in ein Restaurant. So günstig hatten wir bisher noch nie gegessen und die Frauen weigerten sich ab diesem Tag, weiter zu kochen.

Der Balaton ist ein ziemlich flaches Gewässer und bei Sturm wird der Untergrund stark aufgewühlt, sodass der See sehr trüb wird. Einen Vorteil hatte aber der Sturm, die Marienkäfer waren verschwunden und schwammen vermutlich jetzt am gegenüberliegenden Ufer. Bereits einen Tag nach dem Sturm war das Seewasser wieder klar und wir konnten die Abkühlung im See genießen. Erstaunlicherweise hatten wir wenig Mücken während unseres Urlaubs. Erst auf der Rückfahrt an der Grenze gab es eine Mückenplage. Wir konnten nicht aus dem Auto aussteigen und sogar durch die Belüftungsanlage drangen die Mücken ins Wageninnere.

Auf der Fregatte

Die „Junkers Flugzeug- und Motorenwerke" waren bis Ende des 2. Weltkrieges bekannt für ihre Flugzeuge. Zu meiner Zeit baute man an Satelliten und militärischen Geräten. So entwickelte man in unserem Labor für Schiffe eine Funkabhöranlage mit Magnetbandaufzeichnung. Die Anlage bestand aus zwei Gestellen mit umfangreicher Elektronik, die in mehreren Einschüben untergebracht war, und einer dazugehörenden Antennenanlage. Als alles fertig war, musste sie auf einer Fregatte in Cuxhaven installiert werden.

Als Mitarbeiter der Antennenabteilung war ich mit zuständig für die Montage der Antennen und der dazugehörenden Kabel. Die Kabel mussten vom Mast bis unter Deck zu den Geräten verlegt werden. Die Antennen waren auf einem Mast in ungefähr zehn Metern Höhe befestigt und für die daumendicken und verlustarmen Kabel konnten die Stecker nur auf der Mastplattform montiert werden.

Wegen des leichten Seeganges lag ich auf dem Bauch auf einem Gitterrostboden und musste ein Gewinde auf den Kabelinnenleiter schneiden. Dabei sah ich abwechselnd auf das Schiffsdeck und wieder auf das Wasser, was dazu führte, dass mir nach einiger Zeit flau in der Magengegend wurde. Hinzu kam, dass wir uns in Cuxhaven in der Nähe der Fischverwertungsfabrik befanden und die Luft von einem bestialischen Gestank geschwängert war. Nach mehreren Anläufen hatte ich aber die Arbeiten auf der Mastplattform erledigt.

Für die Dauer der Montage waren wir auf dem Schiff untergebracht und das Essen war sehr gut. Wenn man jedoch zum Frühstück ein Marmeladenbrötchen isst und ständig den Fischgeruch in der Nase hat, ist das schon sehr gewöhnungsbedürftig.

Die Unterbringung der Elektronikgestelle unter Deck erwies sich als ziemlich schwierig, weil die Luken sehr eng waren und die Griffe der Einschübe störten. Mit einigem Geschick konnten die Gestelle unter Deck gebracht werden, nachdem wir die Einschübe entfernt hatten. Ob sich die Geräte im Einsatz bewährten, entzieht sich meiner Kenntnis, denn zur damaligen Zeit war das alles geheim.

Süditalien

Unseren Urlaub in Süditalien verbrachten wir im Gargano auf einem Zeltplatz am Lago di Varano.

Zu dieser Zeit konnte man auch mit dem Wohnwagen unbegrenzte Geschwindigkeit fahren, wenn der ziehende Pkw mehr als zwei Liter Hubraum hatte. Aus Sicherheitsgründen brachte ich zwischen Wohnwagen und Anhängerkupplung eine Antischleudereinrichtung an und auf dem Dach vom Pkw ein Windableitblech zur Verringerung des Luftwiderstandes. So erreichten wir unser Ziel mit nur einer Übernachtung in der Nähe von Florenz. Wir hatten eine schöne Zeit. Wir konnten sowohl im Süßwasser des Lago di Varano als auch im Mittelmeer baden. Für unsere Tochter war es eine neue Erkenntnis, denn einmal war das Wasser salzig und dann wieder süß.

Das Einzige, das uns an diesem Ort störte, waren die vielen streunenden Hunde. An einem der Tage, meine Frau kochte gerade das Essen, saß ein riesiger Hund am Wohnwageneingang und sah meine Frau mit triefender Schnauze an. Als sie den Hund bemerkte, schrie sie so laut, dass ich es bis zum Strand hörte. Ich lief sofort zu ihr, konnte den Hund mit lauten Gesten und Händeklatschen jedoch nicht vertreiben. Erst als ich einem Stock nahm, trottete der Hund weiter. Seit dieser Zeit hielt meine Frau beim Kochen immer den unteren Teil der Eingangstür geschlossen.

Jeden Morgen zum Frühstück besuchte uns eine junge Katze, die ziemlich zerzaust und abgemagert war. Das Fell war sehr kurz und der Schwanz ähnelte eher dem einer Ratte. Unsere Tochter hatte die Katze sofort in ihr Herz geschlossen und fütterte sie mit dem Käse, den eigentlich sie essen sollte. Da die wilde Katze vermutlich Flöhe hatte, durfte Gabriele sie zwar streicheln, aber nicht auf den Schoß nehmen.

Je öfter die Katze bei uns auftauchte, umso größer wurde der Wunsch unserer Tochter, die Katze nach Hause mitzunehmen. Eigentlich war mir das nicht recht, deshalb sagte ich zu Gabriele: „Wir fahren morgen um 6 Uhr zurück nach München. Wenn die Katze da ist, nehmen wir sie mit." Am nächsten frühen Morgen, unsere Tochter schlief noch und wir packten gerade unsere Utensilien zusammen, da erschien die Katze. Durch das laute Miauen wurde Gabriele wach und war sichtlich erfreut, als sie die Katze sah. Die gesamte Rückfahrt verbrachte die Katze im Fußraum unseres Autos und an den Grenzen deckten wir sie mit einem Tuch zu.

Von nun an hatten wir eine Katze und im Käfig zwei Streifenhörnchen, aber auf Dauer ging das nicht gut. Wenn die Katze vorm Käfig saß, spielten die Hörnchen verrückt. Gabrieles Oma lebte allein und liebte Katzen, deshalb schenkte unsere Tochter ihr unser Findelkind. Als das Fell nachgewachsen war, stellte sich heraus, dass die Katze einer besonderen Rasse entstammte.

Arbeitnehmervertreter

Die „Junkers Flugzeug- und Motorenwerke" waren mit ihren zirka 500 Mitarbeitern eine Tochter der „Messerschmitt AG" Augsburg und hatten einen Betriebsrat sowie einen Arbeitnehmervertreter im Aufsichtsrat.

Weil mich auch die betrieblichen Abläufe interessierten, stellte ich mich bei der anstehenden Aufsichtsratswahl zur Wahl, ohne dass ich Mitglied einer Gewerkschaft war. Zu meiner Überraschung wurde ich als zweiter Arbeitnehmervertreter in den Aufsichtsrat gewählt. Es war schon ein tolles Gefühl, in der ersten Aufsichtsratssitzung am gleichen Tisch mit Willy Messerschmitt zu sitzen. Für den Aufsichtsratsvorsitzenden war ich sicherlich ein unbequemer Zeitgenosse, denn ich wollte vor den Sitzungen alles wissen und forderte oft umfangreichere Unterlagen an.

Mein Chef, der technische Geschäftsführer, lieferte dem Aufsichtsrat immer geschönte Berichte mit unhaltbaren Fertigungsdaten, um Gelder freizubekommen. Als ich dies dem Aufsichtsratsvorsitzenden mitteilte, wurde ich zu meiner Überraschung belehrt, dass das nicht zu meiner Kontrollfunktion gehörte. Mein Chef warb um Verständnis für sein Handeln, denn schließlich könne nur dadurch auch mein Arbeitsplatz gesichert werden.

Die Sitzungen fanden meistens nur einmal im Jahr statt und als Vergütung erhielt ich 2.500 DM, was dem anderen Arbeitnehmervertreter ein Dorn im Auge war, da er an die Gewerkschaft einen erheblichen Anteil abführen musste. Ich war nur drei Jahre im Aufsichtsrat, da in der Zwischenzeit aus der Firma „Junkers" die „Messerschmitt-Bölkow-Blohm

GmbH" geworden war und dafür ein neuer Aufsichtsrat gewählt werden musste. Natürlich bewarb ich mich auch für diese Wahl, aber meine Unterlagen verschwanden auf unerklärliche Weise auf dem Weg zum Wahlvorstand, was mir jedoch erst bekannt wurde, als der Aufstellungstermin bereits verstrichen war.

Ich hatte mich bei den Betriebsratswahlen bei Junkers zwar beworben und war auch gewählt worden, obwohl ich keiner Gewerkschaft angehörte. Mit der Zeit erkannte ich aber den Vorteil, einer Gewerkschaft anzugehören, denn es gab Schulungen und Weiterbildungsmaßnahmen. So wurde ich Mitglied der IG-Metall und damit öffneten sich auch die diversen Mitgliedschaften in den Betriebsratsausschüssen. Nach und nach beteiligte ich mich als kritischer Redner bei den Betriebsversammlungen.

Urlaub in Jugoslawien

Eine Zeit lang machten wir mit unserem Wohnwagen jedes Jahr Urlaub im ehemaligen Jugoslawien und besuchten auf der Halbinsel Istrien die Campingplätze bei Porec, Roviny und Pula. Im vierten Jahr hatten wir uns die Insel Krk, südlich von Rijeka ausgesucht.

Bei der Anreise zum Campingplatz auf Krk mussten wir über eine schmale Straße am Berghang fahren und hatten starken Seitenwind. Durch andere Reisende erfuhren wir, dass es sich dabei um den gefürchteten Fallwind Bora handelte und wir auf jeden Fall nicht weiterfahren und den Wind abwarten sollten. Auf dem Parkplatz, auf dem wir gerade standen, hatten wir den letzten freien Platz belegt und dort warteten wir auf unsere Weiterfahrt. Nach einem halben Tag konnten wir unsere Reise fortsetzen und reihten uns in die Urlauberschlange ein.

Der Campingplatz war voll, zum Glück hatten wir vorher reserviert. Andere mussten vor der Schranke so lange warten, bis ein Platz frei wurde. Auf dem Campingplatz gab es alles, was man zum täglichen Gebrauch benötigte, aber es war alles etwas teurer als auf dem Festland.

Wir genossen die Sonne und das Meer, bis eines Tages erst einzelne, dann immer mehr Quallen in die Badebucht gelangten. Meine Frau wurde beim Schwimmen von einer Feuerqualle am Arm erwischt, sie konnte sich jedoch befreien und so waren die Verletzungen einigermaßen erträglich. Das Personal auf dem Campingplatz war auf solche Begegnungen mit Quallen, auch Medusa genannt, vorbereitet und versorgte die Wunde meiner Frau vorbildlich. Seit diesem Vorfall saß ich auf einem erhöhten Felsen, wenn meine Familie im Wasser war, und gab Alarm, wenn ich Quallen sichtete. Ich rief dann: „Medusa, Medusa!", und alle verließen schlagartig das Wasser. Manchmal, wenn keiner meiner Familie im Wasser war, rief ich zum Spaß auch „Medusa, Medusa!", und alle brachten sich in Sicherheit.

Der Campingplatz war an seiner Belastungsgrenze, insbesondere die sanitären Anlagen, die nachts ins Meer abgelassen wurden. So traf ich beim morgendlichen Schwimmen im nahen Uferbereich einmal auf an der Oberfläche treibende Fäkalien. Ich beschwerte mich beim Betreiber des Campingplatzes, woraufhin dieser meinte: „Nur wenn der Wind vom Meer kommt, dann passiert das, ansonsten wird alles im Meer abgebaut." Mit dieser Erklärung war ich natürlich nicht einverstanden und für uns war somit klar, dass das Meer ab diesem Zeitpunkt tabu war. Andere Urlauber, die das Gleiche erlebten, gingen nur ins Wasser, wenn der Wind zum offenen Meer blies.

Gemeinderat

Anfang der 70er-Jahre bekamen wir eine Drei-Zimmer-Wohnung in einem großen Neubaugebiet in Taufkirchen am Wald. Aufgrund der Verlegung meiner Arbeitsstelle nach Ottobrunn war mein Weg zur Arbeit relativ kurz. Da sich in kürzester Zeit die Einwohnerzahl in Taufkirchen verdoppelte und 1972 Neuwahlen anstanden, musste ein größerer Gemeinderat gewählt werden. Weil mich das Geschehen und die Entwicklung der Gemeinde sehr interessierten, ließ ich mich zur Wahl aufstellen und wurde auch gewählt.

Der alte Ortsteil war mehr CSU und der der Neubürger mehr SPD orientiert. Somit gab es laufend und teilweise harte Diskussionen bei den Entscheidungen. Die CSU hatte die Mehrheit im Gemeinderat und der Erste Bürgermeister wurde auch von der CSU gestellt. Er war mit seinen Informationen im Vorfeld der Sitzungen sehr zurückhaltend, was die Arbeit im Gemeinderat und den Ausschüssen erheblich erschwerte. Kam ein Antrag von unserer Seite, wurde er meist abgeschmettert und ca. drei Monate später gab es den Antrag von der CSU in leicht abgewandelter Form und wurde genehmigt.

Für den Vertretungsfall gab es einen Zweiten und Dritten Bürgermeister, diese kamen jedoch kaum zum Einsatz, weil der Erste Bürgermeister nicht in Urlaub ging.

Die Gemeinden Unterhaching, Taufkirchen und Oberhaching sind direkte Nachbarn und jede dieser Gemeinden hat eine gut ausgestattete Freiwillige Feuerwehr. Ich vertrat in einer Sitzung diesbezüglich die Auffassung, dass eine gemeinsame Freiwillige Feuerwehr effektiver und kostengünstiger sei. Damit hatte ich mich in den Bereich der „heiligen Kühe" begeben und man fand diesen Vorschlag gar nicht gut. Man ging sogar so weit, dass ich bei der örtlichen Feuerwehr Hausverbot bekam.

Meine Jahre im Gemeinderat waren sehr anstrengend und nervenaufreibend, aber ich lernte sehr viel dazu.

Fasching

Mit steigendem Bekanntheitsgrad der Funky Girls kam auch der Wunsch aus deren Reihen, im Fasching in Taufkirchen einen Ball auszurichten.

Ich mietete als Vorstand des Tanzsportvereins den Pfarrsaal an einem Faschingssamstag, engagierte die Musik, machte den Ball in dem von mir ins Leben gerufenen örtlichen Veranstaltungskalender bekannt und startete den Kartenvorverkauf. Da Taufkirchens Einwohner nun einmal ihre bekannte Showtanzgruppe persönlich erleben wollten, waren die Karten bereits nach wenigen Tagen ausverkauft. Für eine Verlosung spendeten die Taufkirchner Geschäftsleute großzügig und so war neben der Verlosung der Auftritt der Girls der Höhepunkt des Abends. Die Küche im Pfarrsaal war für viele Essen nicht ausgestattet. Aus diesem Grund ließen wir warmen Leberkäse anliefern, dazu gab es Kartoffelsalat, den meine Frau zuvor zubereitet hatte.

Dieser Ball war seit dieser Zeit eine ständige Veranstaltung über Jahre in Taufkirchen. Mit den Helfern für die Essenausgabe und dem Bierausschank waren wir ein eingespieltes Team. Der Überschuss aus den Veranstaltungen kam über den Tanzsportverein den Funky Girls zugute, der für die immer anspruchsvolleren Kostüme verwendet wurde.

Nach der Gemeinderatswahl 1984 wurde ich zum Kulturreferent der Gemeinde gewählt. Bereits im ersten Jahr nach meiner Wahl gab es im Fasching auch den ersten Schwarzweißball, der jedoch im Kulturhaus der Gemeinde stattfand. Hier war ich nur für Organisation und Spenden zuständig. Der Kartenverkauf lief über die Gemeindeverwaltung und die Bewirtung wurde vom Betreiber der Gaststätte im Haus organisiert. Die Musik wurde ebenso von der Gemeindeverwaltung engagiert und war den überwiegend älteren Ballbesuchern angepasst. Der Höhepunkt bestand, wie auf unserem Ball, im Auftritt der Funky Girls. Ich versuchte, durch Spenden und hohe Nachfrage kein Minus durch den Ball zu machen, jedoch lebt eine Veranstaltung von der akzeptablen Musik und der Bewirtung. So wurde nach dem dritten Jahr der Ball eine Zuschuss-Veranstaltung, denn man hatte an den Kosten der Musik gespart und viele bevorzugten zudem unseren Ball vom Tanzsportverein.

Nachdem ich durch meine vielen Posten über Jahre nur Schlafgast bei mir zu Hause war, zog ich 1990 die Reißleine, kandidierte nicht mehr für ein Ehrenamt und widmete mich nur noch dem Privatleben.

Weihnachtsbaum

Bei uns war es üblich, dass unser Weihnachtsbaum erst am 6. Januar abgeschmückt und entsorgt wurde. Einmal war der Baum wohl nicht frisch beim Kauf gewesen, denn er verlor bereits vor diesem Termin die ersten Nadeln. Nach dem Abschmücken nahm ich den Baum und trug ihn durch das Wohnzimmer, aber beim Passieren der Wohnzimmertür verlor ich den ersten Schwung der Nadeln. Das setzte sich fort an der Wohnungstür und der nachfolgenden Aufzugtür, sodass ich letztlich die Wohnung, das Treppenhaus und den Aufzug putzen musste.

Ein paar Monate später schafften wir uns für das Wohnzimmer einen Teppichboden zum Selbstverlegen an. Geliefert wurde er in einer sechs Meter breiten Rolle – viel zu sperrig für das Treppenhaus und den Transport in das 7. Stockwerk. Also rollten wir den Teppichboden auf dem Parkplatz aus und machten daraus ein transportables Paket, um es im Aufzug befördern zu können. Um den Teppichboden nicht zu verschmutzen, achteten wir darauf, dass die gummierte Seite nach außen zeigte. Das war keine gute Entscheidung, denn beim Beladen des Aufzuges bremsten die gummierten Flächen an der Aufzugtür und den Aufzugwänden. Wir brauchten eine längere Zeit, um den Aufzug zu beladen und zu entladen, ich war klatschnass vom Schweiß. Als wir den Teppichboden endlich im Wohnzimmer hatten, breiteten wir ihn noch aus, aber zum Zuschneiden war ich an diesem Tag nicht mehr fähig.

Zum nächsten Weihnachten hatten wir wieder einen Weihnachtsbaum und dieser wurde ebenso am 6. Januar abgeschmückt und entsorgt. Dieses Mal war ich schlauer und transportierte den Baum nicht durch das Treppenhaus, sondern auf den Balkon, um ihn in der Nacht vom Balkon auf die freie Wiese zu werfen. Aber bereits an der Balkontür verlor der Baum eine beachtliche Menge an Nadeln und dies vorrangig auf dem Teppichboden. Da dieser aus Schlingenware bestand, verhakten sich die Nadeln darin derart, dass wir sie nur mühsam mit dem Staubsauger entfernen konnten.

Ab diesem Zeitpunkt wurde unser Baum erheblich früher, meist am 1. Januar entsorgt.

Abendschule

Mich interessierte Anfang der 70er-Jahre eine kaufmännische Ausbildung, denn bisher hatte ich nur eine technisch ausgerichtete Berufsausbildung absolviert. In München waren die Angebote der Abendschulen sehr umfangreich. Ich entschied mich letztlich für ein Seminar zum Praktischen Betriebswirt beim Berufsfortbildungswerk des DGB.

Mein Einstieg war ziemlich schwer, da ich über wenig kaufmännisches Wissen verfügte. Weil ich viel zu Lernen hatte, beschränkte ich meine tägliche Arbeit als Techniker auf die Sollarbeitszeit ohne Überstunden und meine privaten Aktivitäten im Gemeinderat und in den Vereinen reduzierte ich auf ein Minimum. Gabriele ging bereits zur Schule, meine Frau arbeitete vormittags und kümmerte sich um alle häuslichen Belange. Ohne die Unterstützung meiner Frau hätte ich die Ausbildung nicht durchgestanden.

Zu jener Zeit hatten wir einen Stellplatz für unseren Wohnwagen am Waginger See und verbrachten dort unsere Wochenenden und den Jahresurlaub. In den Schulferien war meine Frau mit Gabriele im Wohnwagen am See und ich konnte zu Hause in Ruhe lernen. Auch mit meinem Chef hatte ich meine Fortbildung vorher besprochen und er zeigte Verständnis für meinen Ausbildungswunsch.

Zu den Zwischenprüfungen nahm ich in der Firma Gleitzeitstunden, die ich vor Seminarbeginn angehäuft hatte. Obwohl ich von allen Seiten unterstützt wurde, stieg meine Nervosität zunehmend mit dem Seminarverlauf, aber ich hatte mich im Griff. Für die Abschlussprüfung vor der IHK nahm ich eine Woche Urlaub. Ich fuhr nach Waging, um dort zu lernen. Ich war völlig ungestört, es gab keinen Fernseher und ich versorgte mich überwiegend mit Fertiggerichten. Da die meisten Camper nur am Wochenende dort hinkamen, konnte ich in Ruhe lernen. Ich arbeitete auch an einem Spickzettel, aber als dieser fertig war, brauchte ich ihn nicht mehr, denn es war nun alles in meinem Kopf gespeichert.

Am Prüfungstag war ich erstaunlich ruhig und bestand die Prüfung mit einer guten Note. Danach brauchte ich einige Zeit, um mich zu erholen und mir war klar, dass ich eine Weiterbildung unter diesen Umständen nicht mehr machen würde. Wenn überhaupt, dann nur stressfrei bei einer Teilzeitbeschäftigung.

Bild: im Voralpen-Land mit Freunden und Familie

Städtepartnerschaft

In den 70er-Jahren wurden viele Städtepartnerschaften eingegangen. Unsere Gemeinde suchte in Frankreich einen geeigneten Ort, der entsprechend der Größe und Struktur Taufkirchen ähnlich war.

In kurzer Zeit wurde die Kleinstadt Meulan, nordwestlich von Paris, als geeignet angesehen. Nach den ersten Kontaktaufnahmen besuchten der Bürgermeister, ein anderes Gemeinderatsmitglied und ich die Stadt mit dem Zug, weil unser Bürgermeister Flugangst hatte. Die Bürgermeisterin von Meulan, die außerdem Mitglied im Regionalparlament war, bekamen wir nur bei der ersten Begrüßung zu Gesicht. Die Verhandlungen über die Partnerschaft wurden von deren Ausschuss übernommen. Wir übernachteten in den drei Tagen privat bei den Bürgermeisterstellvertretern, als Gastgeschenk hatte ich eine kleine Bierauswahl dabei. Zu meiner Verwunderung übergab unser Bürgermeister nichts typisch Bayerisches, sondern eine Flasche Cognac. Wie war das mit den Eulen nach Athen tragen?

Bild: Besuch in Meulan (Moritz: 2. v. r.)

Nach unserem Besuch wurde ein Ausschuss gebildet, der fortan alles mit der Städtepartnerschaft und dem Schüleraustausch regeln sollte. Vereinbart wurde ebenso, dass wir im Wechsel alle zwei Jahre in Meulan ein Bierfest veranstalteten und die Franzosen bei uns ein Weinfest.

So transportierten wir Bier, Leberkäse, Weißwürste und Brezeln nach Meulan und die Franzosen Rotwein, Käse, Pasteten und Baguette nach Taufkirchen. Bei unseren Besuchen war auch eine bayerische Musikkapelle dabei und im Gegenzug brachten die Franzosen ihre Folkloregruppen mit. Die Ausschussmitglieder sorgten für die Dekoration und den Auf- und Abbau der Tische und Bänke.

Bei einem Weinfest bei uns, als es dem Ende zuging, war ich für den Abbau eingeteilt und ging deshalb an die Tische, um den Gästen das Ende der Veranstaltung mitzuteilen. Wir bauten die bereits leeren Tische ab, nur an einem Tisch wollte man nicht zu Ende kommen. Nachdem ich die Personen mehrmals aufgefordert hatte, den Tisch freizugeben, nahm ich die Gläser und brachte sie zur Spüle. Als ich an den Tisch zurückkam, verpasste mir einer der Personen einen Schlag ins Gesicht und ich fiel um. Später erwachte ich mit einer Nasenverletzung im Krankenhaus. Was ich nicht wusste, war, dass ich an einen ortsbekannten Schläger geraten war.

Es ärgerte mich, dass ich von der Gemeinde im Stich gelassen wurde und ich stellte aus diesem Grund meine zukünftigen Hilfsarbeiten ein.

Bild: Urkunde zur Ernennung als Ehrenbürger Meulans

Bandscheibenvorfall

Vermutlich durch Stress erlitt ich einen Bandscheibenvorfall im Bereich der Halswirbelsäule. Zu Anfang konnte ich meinen Hals nicht mehr richtig bewegen und alle gängigen Schmerzmittel halfen nur wenig. Mein Freund versuchte, mir mit einer Rücken-an-Rücken-Hebung zu helfen, jedoch war das sicherlich nicht gut für die Halswirbelsäule.

In der Nacht bekam ich sehr starke Schmerzen und ich wollte meine Frau nicht wecken, weil sie bis zum späten Abend gearbeitet hatte und keinen Führerschein besaß. So fuhr ich mit meinem Auto ins nächste Krankenhaus und bekam dort eine Spritze. Danach kehrte ich wieder nach Hause zurück und legte mich ins Bett, jedoch kamen nach wenigen Stunden am frühen Morgen die starken Schmerzen erneut zurück. Ich fuhr wieder ins Krankenhaus und erhielt nochmals eine Spritze. Man hatte mir nicht gesagt, dass ich dann kein Auto fahren durfte.

Auf der Rückfahrt auf der Autobahn, kurz vor der Ausfahrt nach Taufkirchen, bekam ich plötzlich starke Sehstörungen und nahm alles nur noch schemenhaft wahr. Ich wollte einem Hinweisschild ausweichen und berührte dabei die Mittelleitplanke. Zum Glück im Unglück war zu dieser Zeit kein Verkehr auf der Autobahn und wegen der bevorstehenden Ausfahrt war meine Geschwindigkeit nicht hoch. So war der Schaden am Fahrzeug relativ gering. Erstaunlicherweise war ich schnell wieder voll da und meine Schmerzen waren erträglich. Ich konnte meine Fahrt fortsetzen und stellte das Fahrzeug auf meinem Parkplatz vor dem Haus ab.

Als ich am nächsten Morgen aufwachte, waren meine Schmerzen noch stärker und zudem brannte mein linker Arm wie Feuer. Meine Frau rief einen Krankenwagen, der mich in eine Münchner Spezialklinik brachte. Dort versuchte man mit starken, Morphium haltigen Medikamenten, meine Schmerzen zu lindern, das war aber erfolglos.

Wegen der unerträglichen Schmerzen entschied ich mich kurzfristig für eine Operation an der Halswirbelsäule. Als ich aus der Narkose erwachte, waren die Schmerzen nicht weg, aber wegen der Regeneration der Nerven erträglich. Weil bei der Operation einige Halsmuskeln getrennt werden mussten, hatte ich auch an diesen Stellen zusätzliche Schmerzen beim Heben der Arme. In der anschließenden Reha musste ich wieder auf Vordermann gebracht werden und befand mich fast zwei Monate im Krankenstand.

Funky Girls

Beim örtlichen Sportverein DJK gab es eine Jazztanzgruppe unter der Leitung von Ingrid Weiß, einer sehr guten Trainerin. Als ich die Gruppe einmal bei einem Vereinsfest sah, war mir klar, dass man mit dem vorhandenen Potential mehr machen konnte. So bot ich der Trainerin an, mich um das Management zu kümmern, um die Gruppe über die Gemeindegrenzen hinaus bekanntzumachen.

Ende 1978 wurden die Funky Girls in die von mir gegründete Taufkirchner Narrengilde aufgenommen und ebneten damit ihre Auftritte bei Faschingsveranstaltungen. Zu Beginn hatte der Verein mit den Girls ca. dreißig Mitglieder, wobei die Girls beitragsfrei waren.

Durch die gute Zusammenarbeit von Frau Weiß und mir begann der Aufstieg der Funky Girls. 1982 beteiligten sie sich an der Bayerischen Meisterschaft mit zwei Tänzen und holten auf Anhieb einen Meistertitel und einen Vize-Meister – ab diesem Zeitpunkt nahmen die Funky Girls an jeder Bayerischen Meisterschaft teil. Der Aufstieg ging immer weiter, so beteiligten sich die Funky Girls 1985 erstmals an der deutschen Meisterschaft und holten gleich nach dem Bayerischen Meister auch den deutschen Vize-Meister.

In der Zwischenzeit gründete ich den Tanzsportverein Taufkirchen. Die Funky Girls wurden dort ebenfalls beitragsfreie Mitglieder, denn mit einer Schautanzgruppe vermarktete sich ein Tanzsportverein besser.

Im Jahr 1987 wurden sie erstmals Deutscher Meister und holten den 3. Platz bei der Europameisterschaft. Mit ihren zwei unterschiedlichen Tänzen war 1988 das erfolgreichste Meisterschaftsjahr der Funky Girls. Sie holten alle Meistertitel. In meiner Zeit als Manager der Funky Girls gewannen wir insgesamt vierzig Titel. Durch die Berichterstattungen in den Zeitungen wurde die Tanzgruppe immer bekannter und so gab es lukrative Auftritte wie zum Beispiel im Deutschen Theater in München.

Jedes Jahr mussten neue Tänze einstudiert und neue Kostüme angeschafft bzw. genäht werden, was mich und die Trainerin an den Rand der Belastbarkeit brachte. Die Gelder für die anspruchsvollen Kostüme stammten aus den diversen Auftritten der Girls und den Einnahmen von Tanzkursen sowie von Mitgliederbeiträgen und von Sponsoren.

Auftritt in der Schweiz

In meiner Zeit als Manager der Funky Girls hatten wir ca. vierhundert Auftritte im In- und Ausland, wobei ich meist dabei war. Wir waren beim Faschingsball in der amerikanischen Siedlung in München und zeigten unseren Tanz mit der Musik „in the mood". Die Girls trugen eine amerikanische Uniform mit Schiffchen und Hotpants. Die Amerikaner waren so begeistert, dass sie auf den Tischen standen. Sie ließen uns erst nach zwei Zugaben wieder aus dem Saal. Da es unser letzter Auftritt an diesem Abend war, wurden wir danach großzügig bewirtet.

Zu unseren Meisterschaften fuhren wir mit dem Bus, aber für die Auftritte waren wir mit unseren privaten Pkws unterwegs. Da es die Autobahn zwischen Weilheim und München noch nicht gab, fuhren wir zu unserem Auftritt in Winterthur über das Allgäu auf Bundesstraßen in die Schweiz. Bereits an der Grenze überraschte uns der Winter mit einem Schneegestöber, was uns etwas Zeit kostete. Durch unsere Verspätung konnten wir unseren Auftritt erst um 23 Uhr durchführen, nachdem eine vorgezogene Einlage beendet war.

Nach unserem Auftritt traten wir nach einer kurzen Stärkung sofort unsere Heimreise an, denn es schneite unaufhörlich. Im Allgäu bei Isny kamen wir mit unseren Pkws an eine Anhöhe, wo der Schnee bereits 15 cm hoch und die Straße nicht geräumt war. Da ich neue Winterreifen auf meinem Fahrzeug hatte, fuhr ich als Erster die Anhöhe hinauf und die anderen Autos hinter mir her. Da die Sicht sehr schlecht war, konnte ich nicht sehen, ob mir alle Pkws gefolgt waren, deshalb hielt ich auf der Anhöhe an. Zum Glück schafften es alle, wir konnten die Fahrt fortsetzen und kamen schließlich um 3 Uhr nachts zu Hause an.

Es gab auch Pannen. So funktionierte mal die Musikübertragung nicht oder ein Girl hatte ein Kostümteil vergessen und einer musste es noch holen. Oder die Auftrittsfläche war zu klein und man konnte die Tanzfiguren nur beengt ausführen. Einmal wäre deshalb beinahe ein Girl von der Bühne gefallen, zum Glück wurde es von einem anderen Girl gehalten.

Bild: Rettungsurkunde 1987

Auftritt in Meulan

Die meisten Auftritte gab es in der Faschingszeit in und um München, danach wurden die neuen Tänze für die folgende Faschingszeit einstudiert. Die Auftritte erfolgten überwiegend am Wochenende, da die Funky Girls noch zur Schule gingen oder bereits berufstätig waren.

Am Faschingswochenende mussten bis zu vier Auftritte am Abend absolviert werden, und das wurde regelmäßig, je bekannter die Tanzgruppe wurde. Ich legte die Auftritte so, dass wir möglichst kurze Anfahrtswege hatten. Der Auftritt zum Schluss war dann zum Verbleib vorgesehen, denn die Girls wollten auch feiern.

Einmal waren wir anlässlich des Bierfestes in unserer Partnergemeinde Meulan, nordwestlich von Paris, über das Wochenende mit von der Partie und reisten im gleichen Bus wie die Austauschschüler. Die Girls wurden bei Privatfamilien untergebracht, was teilweise wegen der Verständigung etwas schwierig war und nicht so den Anklang fand. Am Samstag erfolgte der traditionelle Umzug in Meulan und die Girls zeigten kurze Ausschnitte aus ihrem Programm. Als wir am Altersheim vorbeikamen, hatte ich die Idee, dort aufzutreten, was wir nach dem Umzug auch taten. Solch einen lang andauernden Applaus hatten wir nicht erwartet, selbst die Kritiker unter uns waren sichtlich berührt. Später erfuhr ich, dass es im Altersheim bisher zu wenige Angebote dieser Art gegeben hatte.

Einer unserer größten Auftritte hatten wir auf einer Fähre von Puttgarden nach Trelleborg bei einer 5-tägigen Werbeveranstaltung von MAN. Wir waren Teil des Abendprogramms für die Ausstellungsgäste.

Am Nachmittag fuhren wir mit der Fähre nach Trelleborg und machten abends unsere zwei Auftritte. Einige der Girls unterhielten sich mit den Gästen und wurden an der Bar freigehalten. Bei Ankunft der Fähre stiegen die normalen Fahrgäste aus und die Fähre fuhr zurück nach Puttgarden. Wir hatten auf der Rückfahrt frei und genossen das Restaurant, das für uns kostenlos war. Da diese Veranstaltungen in der Ferienzeit stattfanden, musste nur ein Teil von uns Urlaub nehmen. Unterm Strich war für uns alles frei und wir erhielten für unsere Auftritte auch noch eine Gage.

Betriebsrat bei MBB

Mitte der 70er-Jahre musste bei „Messerschmitt-Bölkow-Blohm" in Ottobrunn ein neuer Betriebsrat gewählt werden. Ich kandidierte auf der Gewerkschaftsliste und wurde gewählt.

Aufgrund der Firmengröße wurden einige Betriebsräte zur Bewältigung der anfallenden mitbestimmungspflichtigen Aufgaben von der eigentlichen Arbeit freigestellt. Die Auswahl, wer im Team der freigestellten Betriebsräte mitarbeiten sollte, traf vorrangig der zuvor von den Betriebsräten gewählte Betriebsratsvorsitzende. Seine Vorschläge mussten jedoch vom gesamten Betriebsratsgremium abgesegnet werden. Ich gehörte zum Kreis der Freigestellten und wurde in den Ausschuss für Personaleinzelmaßnahmen, Einstellungen, Kündigungen etc., und in den Bauausschuss, z. B. Umbauten der Großraumbüros, Neubauten, gewählt. Da ca. 70 % des Firmengeländes auf Taufkirchner Gemeindegebiet lagen und ich dort im Gemeinderat war, hatte ich bei Bauanträgen von MBB immer einen Informationsvorsprung zum Nutzen des Betriebsrates.

Aufgrund meiner Betriebsrattätigkeit interessierte mich das Personalwesen und ich begann Anfang 1977 eine neunmonatige Ausbildung im Abendsemester zum Personalfachkaufmann. Hierzu hatte ich im Einvernehmen mit dem Arbeitgeber und dem Betriebsrat meine Arbeitszeit auf 60 % reduziert.

Ich hatte bei meiner Tätigkeit im Betriebsrat immer ein offenes Ohr für die Sorgen und Belange der Mitarbeiter. Mich ärgerte es jedoch sehr, wenn es ungerecht zuging und manche Mitarbeiter bevorzugt behandelt wurden. Bei MBB konnte jeder langjährige Mitarbeiter ein kostengünstiges Darlehen zum Bau oder Erwerb eines Hauses oder einer Wohnung erhalten. Eines Tages bekam ich heraus, dass der Betriebsratsvorsitzende drei Darlehen von der Firma erhalten hatte und er fand dies auch nicht verwerflich. Ich hatte jedoch Bedenken, ob ein Betriebsratsvorsitzender gegenüber der Geschäftsführung dann noch unbefangen auftreten konnte. In der anstehenden Betriebsversammlung verteilte ich ein Flugblatt und klärte darin die Mitarbeiter auf und forderte den Rücktritt des Betriebsratsvorsitzenden. Dieser war sich keiner Schuld bewusst, denn die Darlehen waren ihm ja von der Firma angeboten worden. Obwohl die Forderung für einen Rücktritt lautstark von den Mitarbeitern befürwortet wurde, trat der Betriebsratsvorsitzende nicht zurück.

Wenngleich ich im Betriebsrat einige Unterstützung für meine Aktion hatte, war kurze Zeit danach meine Zeit als freigestelltes Betriebsratsmitglied beendet.

Städtepartnerschaft mit Kilsey

Neben der Städtepartnerschaft mit der französischen Stadt Meulan hatte die Gemeinde Taufkirchen Interesse an einer weiteren Partnerschaft mit der schottischen Stadt Kilsey. Die ersten Kontakte waren bei einem Treffen in Meulan geknüpft worden.

Für eine Informationsreise nach Kilsey hatte ich mich bereiterklärt, dafür drei Tage Urlaub genommen und meine Gemeinde zahlte im Gegenzug die Flugkosten. Einen Direktflug nach Edinburgh gab es nicht, ich musste in London umsteigen. Der Inlandflug war für mich insoweit neu, weil der Abflug sehr unkompliziert geschah, denn es gab keine Reservierungen. Man stieg einfach ein, und wenn die Abflugzeit gekommen war, startete der Flieger.

In Edinburgh wurde ich von Mitgliedern des Partnerausschusses abgeholt und in ein kleines Hotel gebracht. Nachmittags erkundete ich die Stadt und machte einige Fotos. Am nächsten Tag gab es einen Empfang im Rathaus und dabei wurden, wie es sich in Schottland gehört, Whisky und Pasteten gereicht. Dabei fiel mir auf, dass auch die Frauen ein halbvolles Wasserglas mit Whisky tranken und sich auch noch nachschenken ließen. Obwohl ich mit mehreren Personen anstoßen musste, hielt ich mich anfangs mit dem Trinken zurück, denn die Pasteten waren ja keine entsprechende Grundlage und den Whisky war ich auch nicht gewohnt. Nach einiger Zeit zeigte mein Whisky-Konsum doch seine Wirkung und ich trank einfach mit, obwohl ich nicht so viel vertragen konnte. Im Laufe des Nachmittags kam einer auf die Idee, dass ich etwas in Deutsch singen sollte. Ich entschied mich für „O Tannenbaum" – das Einzige, das ich in dem Zustand noch konnte. Obwohl ich kein herausragender Sänger war, standen nach der ersten Strophe alle Personen auf und am Ende erhielt ich großen Beifall. Später erfuhr ich, dass die Melodie dieses Liedes die gleiche eines bekannten schottischen Liedes war. Von da an wurde ich pausenlos zum Essen eingeladen und ich verbrachte die restliche Zeit mehr oder weniger in einem Rauschzustand.

Leider kam es zu keiner Partnerschaft, weil es in einer Gemeinderatsabstimmung zu wenig Zuspruch dafür gab.

Traumziel

Lag es an dem Lied oder der Faszination bezüglich der Seeräuber – mein Traumziel war schon immer Madagaskar, die viertgrößte Insel unserer Erde. Ende März 1986 nahm ich meinen Resturlaub sowie den neuen Jahresurlaub und konnte somit für neun Wochen meine erste Reise starten.

Nachdem ich mir entsprechende Informationen über das Land besorgt und die vorsorglichen Schutzimpfungen bekommen hatte, kümmerte ich mich um meine Ausrüstung sowie um das Fotomaterial. Den Langstreckenflug, das Hotel und den ersten Inlandsflug hatte ich über einen Reiseveranstalter gebucht. Der zwölfstündige Flug mit der Air Madagaskar in einem Jumbo 747 von München mit Zwischenlandung in Nairobi startete am späten Abend. Bei der Ankunft am Mittag des nächsten Tages in Antananarivo, der Hauptstadt von Madagaskar, wurde alles Gepäck kontrolliert und meine Devisen registriert. Das war nervig für mich, da ich nur wenig französisch verstand, aber zum Glück half mir ein anderer Reisende.

Der Flugplatz liegt weit außerhalb der Hauptstadt. Um ins Hotel zu kommen, musste man ein Taxi nehmen. Da ich mir bereits im Reiseführer ein Hotel ausgesucht hatte, schloss ich mich anderen Reisenden an, die das gleiche Hotel gebucht hatten, und wir teilten uns die Taxikosten. Alle weiteren Reiseziele, die ich ausgewählt hatte, konnten nur per Flug erreicht werden, hierzu musste man immer von der Hauptstadt abfliegen. Rundflüge, zum Beispiel an der Küste entlang, gab es nicht und manche Ziele wurden nur einmal die Woche angeflogen, deshalb musste man rechtzeitig alles gut planen.

Meine erste Flugreise ging nach Tamatave an die Ostküste. Dort traf ich einen Deutschen, der schon Jahre auf der Insel wohnte. Er lebte vom Handel mit seltenen Pflanzen und ich begleitete ihn auf einer dieser Fahrten. Es ging an der Küste entlang auf einer unbefestigten Piste, die jedoch durch langanhaltenden Regen sehr aufgeweicht war. Vor uns fuhr ein Lkw, der immer wieder in Schlammlöchern steckenblieb. Dann musste die Ladung abgeladen und danach wieder aufgeladen werden. Ein Überholen oder Vorbeifahren war nicht möglich, weil die Straßenränder einen noch weniger festen Untergrund hatten. So mussten wir zigmal sowohl den Lkw als auch unser Fahrzeug auf- und abladen und erreichten unser 80 km entferntes Ziel erst nach drei Tagen.

Auf dieser Fahrt wurde mir bewusst, mit welchen Problemen die Bewohner der Ostküste leben mussten.

Naturreservat

Die nächste Reise ging wieder an die Ostküste Madagaskars nach Maroantsetra und von dort auf die Insel Nosy Mangabe. Bereits die Taxifahrt zum Flughafen in einem R4 war ein besonderes Erlebnis. Bei dem Wagen fehlte teilweise das Bodenblech und man konnte die Straße sehen – meine Füße stellte ich deshalb auf den seitlichen Fahrzeugrahmen ab.

In Maroantsetra musste ich mir eine Genehmigung für das Naturreservat und die dafür notwendige Bootsfahrt besorgen. Weil das zwei Tage in Anspruch nahm, wohnte ich in einem kleinen Hotel. Der Besitzer hatte fünf Töchter, die er verheiraten wollte. Mir bot er an, dass ich mir eine aussuchen könnte, denn er wäre froh, wenn wenigstens eine das Haus verlassen würde. Ich vertröstete den Besitzer und war erleichtert, als es am Morgen mit meiner Reise weiterging.

Mit einem Schlauchboot fuhren wir die Küste entlang. Der Bootsführer stand am Bug und schaute nach einer Lücke in den Klippen. Mir war ganz mulmig zumute, denn wenn das Schlauchboot durch die Klippen beschädigt werden würde und wir absoffen, war meine Fotoausrüstung unbrauchbar und meine Reise zu Ende. Zum Glück fand der Bootsführer eine genügend große Lücke und wir passierten die Klippen unbeschadet.

Auf der Insel angekommen stellte man fest, dass man den Schlüssel für das gemietete Blockhaus vergessen hatte. So blieb mir nichts anderes übrig, als in einer alten baufälligen Hütte zu übernachten. In der Hütte gab es ein Regal, ein Bett und ein Tisch, wobei das Regal und das Bett bereits beim Berühren in sich zusammenfielen – hier waren vermutlich die Termiten zugange. Am Boden der Hütte bemerkte ich einige Löcher, die offenbar von Ratten stammten. Ich deckte alle Löcher mit dicken Steinen ab, nur auf ein Loch legte ich meine leergegessene Cornedbeefdose. Ich hängte meine Kleidung schützend auf das Stativ und schlief auf dem Tisch. Kaum war es dunkel, hörte ich das Klappern der Dose. Durch lautes Klatschen verscheuchte ich die Ratte, die sich eiligst durch den unteren Türspalt zwängte. In der Nacht wurde ich wach, weil mir etwas in den Haaren kraulte. Ich fuhr mit beiden Händen durch meine Haare und sah, wie unzählige Kakerlaken auf den Boden fielen und sofort in den Tischbeinen verschwanden. Diese Nacht zählt bestimmt zu den schlimmsten in meinem Leben.

Am nächsten Tag wartete ich auf das Boot, aber es kam nicht. So verbrachte ich eine weitere Nacht auf der Insel, aber dieses Mal im Freien und in Gesellschaft von Wildschweinen. Obwohl ich sehr verärgert war, ließ ich das den Bootsführer nicht spüren, denn eine weitere Nacht wollte ich nicht auf der Insel verbringen.

Madagaskar-Film

Durch meinen Bildband über Madagaskar lernte ich 1990 den bekannten Tierfilmer Dr. Wieland Lippoldmüller aus München kennen. Er interessierte sich sehr für das endemische Tierleben auf der Insel, und als der Sender grünes Licht gab, heuerte er mich an, ihn für einige Wochen zu begleiten. Ich kannte mich durch meine vielen Reisen auf Madagaskar sehr gut aus und so konnte er von meinen Erfahrungen profitieren.

Mit der Air Madagaskar wurden günstige Flugpreise ausgehandelt, denn wir hatten eine Unmenge an Equipment und Filmmaterial dabei. Beim Zwischenstopp in Nairobi kam es beim Start zu einer Kollision mit Reihern, die ein Triebwerk vom Jumbo beschädigten. Der Pilot konnte gerade noch mit allen ihm zur Verfügung stehenden Mitteln den Start abbrechen und die Maschine kam knapp am Startbahnende zum Stehen. Neben der Reparatur am Triebwerk mussten alle Reifen ausgetauscht werden, weil sie durch den vollen Bremseinsatz stark beschädigt worden waren. Da die Reifen in Kenia nicht vorhanden waren und erst besorgt werden mussten, hatten wir einen unfreiwilligen Aufenthalt von zwei Tagen in Nairobi.

Im Nahbereich von Antananarivo mieteten wir für unsere Filmaufnahmen tageweise ein Taxi und für weitere Strecken einen großen Geländewagen mit Fahrer, der wegen der schlechten Straßenverhältnisse mitgebucht werden musste. Gleichzeitig fungierte der Fahrer als unser Koch, aber nach einigen Tagen konnten wir seine sehr einfachen Reisegerichte nicht mehr genießen und ich übernahm das Kochen. Wir übernachteten in einfachen Hotels oder im Zelt, der

Fahrer jedoch im Auto, denn er war verantwortlich für unser Gepäck.

So besuchten wir die bekannten Waldgebiete und filmten dort die Lemuren in ihrem Lebensbereich. Mein Freund fand nach einiger Zeit den seltenen Paradiesvogel. Wobei das Weibchen eher unscheinbar anzutreffen ist, hat das Männchen ein farbenprächtiges Federkleid.

In der Nähe von Ranohira besuchten wir eine schmale Schlucht mit Urwald ähnlichem Bewuchs und einen Wasserfall. Dort fotografierte ich einen bisher unbekannten Farbfrosch.

Nach vielen entbehrungsreichen Tagen erreichten wir schließlich den äußersten Süden und fanden aus dem sandigen Boden herausragende Eierschalen des ausgestorbenen Vogels Rock. Ich filmte als Filmassistent meinen Freund bei der Entdeckung der 3 mm dicken Eierschalen.

Der Film über Madagaskars Flora und Fauna war ein großer Erfolg und wurde vom BR und von anderen Sendern gezeigt.

St. Marie

Die Insel St. Marie ist ein zauberhaftes Fleckchen Erde und liegt an der Ostküste von Madagaskar. Früher war es der Unterschlupf der Seeräuber. Es gibt dort auch einen großen Friedhof, auf dem man an den gut erhaltenen Grabsteinen ablesen kann, wer dort von den Seeräubern bestattet wurde.

Für mich war aber eher die endemische Flora und Fauna der Insel interessant. So suchte ich nach den verschiedensten Chamäleon-Arten, wovon auf Madagaskar über dreißig anzutreffen sind. Da sich diese Tiere immer ihrer Umgebung anpassen können, sind sie schwer zu finden. Als ich tatsächlich ein Chamäleon gefunden hatte und dieses fotografierte, schauten mir einige Kinder zu. Es dauerte nicht lange, da brachten sie mir unaufgefordert noch andere Chamäleons. Ich hatte immer kleine Geschenke für die Kinder dabei, so gab es für jedes neue Chamäleon ein Geschenk. Nach einiger Zeit war ich umgeben von einer Vielzahl von Chamäleons, von denen ich die seltensten fotografierte, die ich später in meinem Bildband verewigte.

Nach St. Marie gelangt man normalerweise mit einem Inlandflug von Antananarivo aus, man kann aber auch von Tamatave mit dem Schiff die Insel erreichen. Während meiner vielen Aufenthalte auf Madagaskar lernte ich den Leiter vom Goethe-Institut kennen. Er besaß einen Pilotenschein für eine Sportmaschine. Mein Freund Wieland, der bekannte Filmemacher Dr. Lippoldmüller, der sich zu dieser Zeit mit mir auf Madagaskar befand, heuerte den Piloten für einen Tagesausflug nach St. Marie an. Er kannte sich dort gut aus, denn es gab im Norden der Insel ein bekanntes Sterne-Restaurant. Die kleine einmotorige Maschine war letztlich mit drei Personen und einigen Film- und Fotokameras bis an die Grenze beladen. Der Hinflug über Urwaldgebiete war traumhaft, auch das Wetter spielte mit. Der Flugplatz auf St. Marie hatte nur eine Graspiste als Landebahn, deshalb war die Landung etwas holprig.

Wir machten unsere Aufnahmen und gingen anschließend zum Essen, das sich üblicherweise über einen längeren Zeitraum erstreckte. Doch plötzlich zog ein schweres Gewitter auf und es regnete in Strömen. Als der Regen nachließ, starteten wir den Rückflug, jedoch war die Piste durch den Regen aufgeweicht und für den Start brauchten wir die gesamte Startbahnlänge. Im letzten Moment knapp über den Palmen am Pistenende hoben wir schließlich ab. Sprachlos und kalkweiß im Gesicht waren nicht nur wir, auch der Pilot meinte, dass das sein bisher schwierigster Start gewesen sei.

Madagaskars Süden

Madagaskar ist die viertgrößte Insel auf unserem Globus. Sie ist ca. 1.600 km lang und 450 km breit. Die Hauptstadt liegt ziemlich zentral auf einer Hochebene. Außer mit zwei Bahnlinien erfolgt der Inlandsverkehr überwiegend mit den Fliegern. Da die Straßen nur im Nahbereich der Städte geteert sind und sonst nur aus Pisten bestehen, würde eine Reise mit dem Auto zum südlichsten Ende der Insel viele Tage benötigen.

Beim ersten Mal schloss ich mich einem Pflanzensammler an und fuhr mit ihm im Geländewagen die gesamte Strecke ab. Wir sammelten seltene Heilpflanzen und deren Samen, die wir in Behältern auf dem Dachgepäckträger verstauten. Während der Reise übernachteten wir in den kleineren Ortschaften in Unterkünften der einfachsten Kategorie. Die einzelnen Räume waren nur durch Schilfmatten getrennt und zum Waschen gab es einen mit Wasser gefüllten Eimer. In der Nacht durchwanderte einiges Getier meinen Schlafbereich; zum Glück hatte ich meine Kleidung an meinem Stativ aufgehängt. Aufgrund der steigenden Temperatur brachen wir immer sehr früh auf. Das Frühstück bestand meist aus Reis mit Gemüse oder Fisch.

Einmal bei einem Frühstück gab es für fünf Reisende nur zwei Teller und zwei Löffel, die jeweils weitergereicht wurden. Ganz im Süden war das Mehl von Würmern befallen, so ernährten wir uns mehrere Tage nur von Tomaten, Zwiebeln und Rum.

Auf einer späteren Reise mit meinem Freund Wieland fanden wir am Strand 2 mm dicke Eierschalen vom größten flugunfähigen Elefantenvogel Rock (Aepyornis), der vor ca. 900 Jahren ausgerottet wurde. Auf einer Ranch konnten wir ein versteinertes Ei dieses Vogels besichtigen. Man erzählte uns, dass es ein Fassungsvermögen von unglaublichen 180 Hühnereiern hatte.

An der sonst menschenleeren Südspitze gab es einen Leuchtturm mit einem Leuchtturmwärter, der sich wegen fehlender Versorgung über Jahre von Schildkröten ernährte, obwohl diese unter Naturschutz stehen. Ich erschrak beim Anblick des riesigen Berges der ausgehöhlten Schildkrötenpanzer, die wir hinter seiner Hütte entdeckten.

Unsere Reise erstreckte sich über mehrere Wochen. Erst als ich für den Rückflug wieder in Antananarivo ankam, erfuhr ich von anderen Reisenden vom Unglück in Tschernobyl. Ich hatte in meiner 9-wöchigen Madagaskar-Rundreise keinen Kontakt zur Außenwelt und zu meiner Familie in München. Als ich wieder in Deutschland war, bekam ich einen Überblick über die gesamte Katastrophe und erfuhr, dass auch München etwas abbekommen hatte.

Madagaskars Westen

Auf einer meiner Reisen nahm ich ein Mountainbike mit und wollte damit die nähere Umgebung von Antananarivo erkunden. Aufgrund der schlechten Straßen musste ich den vielen Schlaglöchern ausweichen und brachte mich damit in gefährliche Situationen. Wenn ich durch die kleineren Dörfer fuhr, standen die Kinder am Straßenrand und lachten mich aus. Später erfuhr ich, dass die Kinder lachten, weil ich als Ausländer so arm sei und mir kein Auto leisten konnte. Meine Fahrradtouren stellte ich aus Sicherheitsgründen nach wenigen Fahrten ein.

Auf meinen Reisen in den Westen wurden die kleineren Orte mit 16-sitzigen Propellermaschinen angeflogen. Man musste mit dem Gepäck auf die Waage und die Sitze im Flieger ähnelten eher Campingstühlen. Das Flughafengebäude besteht aus nur einem Raum, vorne geht man durch die Tür, wird gewogen und dann geht es durch die hintere Tür auf den Warteplatz am Flugfeld. Für uns kaum vorstellbar, aber es funktioniert.

Meine Reise führte mich nach Morondava in das Gebiet der Baobabs (Affenbrotbäume). Mich beeindruckten die imposanten Bäume mit dem dicken Stamm von bis zu 10 Metern Umfang und der relativ kleinen Blätterkrone. Der Stamm dient als Wasserspeicher und so können die Bäume überleben, auch wenn es Jahre nicht regnet. Am Bekanntesten ist die Allee der Baobabs, hier ragen unzählige dieser Riesen an der Piste ihre Kronen in den Himmel.

Die größte Stadt in Madagaskars Westen ist Majunga, diese war zu meiner Zeit am besten mit dem Flieger, mit einer B737 zu erreichen. Inmitten der Stadt steht einer der größten Baobabs des Landes und soll über 700 Jahre alt sein. Von Majunga startet man mit dem Geländewagen diverse Ausflüge in unbeschreiblich schöne und abwechslungsreiche Landschaften. Wer Besonderheiten entdecken will, engagiert am besten einen Führer.

Da ich mich mehrere Tage in dem Gebiet aufhielt, hatte ich einen Führer, mit dem ich auch die Abende verbrachte. Ich lud ihn zum Essen ein und erfuhr so einige Standorte von seltenen Pflanzen und Bäumen, die mir sonst verborgen geblieben wären. Er zeigte mir die Werkstätten, in denen man handgeschnitzte Haustüren aus Holz herstellte. Oder die Grabstätten der bessergestellten Bevölkerung. Dort werden die Toten in Leinentücher gewickelt und in einer Art Gruft bestattet. Nach ein paar Jahren werden die Toten wieder aus der Gruft geholt und über alles informiert, was in der Vergangenheit passiert ist. Bei diesen Feiern wird viel Rum getrunken und oftmals das ganze Dorf eingeladen, was manchmal den finanziellen Ruin bedeutet.

Königin von Saba

Der Jemen interessierte mich schon lange, besonders die Wirkungsstätte der Königin von Saba. Der Norden des Jemen besteht nur zu ca. 20 % aus Wüste, hat hohe bewaldete Berge bis 3.700 m und ist landschaftlich nicht mit anderen Wüstenstaaten vergleichbar.

Mein Bruder arbeitete zu dieser Zeit für die Deutsche Gesellschaft für Technische Zusammenarbeit (GTZ) im Jemen beim Bau einer Mülldeponie in Ibb. Ich hatte somit eine Anlaufstation und Unterkunft im Land. Von der GTZ gab es mehrere Aufbauprojekte mit deutschen Ansprechpartnern, die sich alle untereinander kannten und freundschaftlich verbunden waren. So konnte ich diese auch kennenlernen und sie bei ihren Arbeiten und Besichtigungstouren begleiten.

In Sanaa gab es zu dieser Zeit kein Kühlhaus und die Rinder zur Versorgung der Menschen befanden sich in einem großen Gatter am Stadtrand. Geschlachtet wurde nur so viel, wie an dem Tag gebraucht wurde. War man beim Einkaufen zu spät dran, gab es nichts mehr.

Von Sanaa aus starteten wir bereits um 5 Uhr zu einem Tagesausflug, anfangs durch die Wüste in Richtung Marib, in das ehemalige Reich der Königin von Saba. Von dem einst blühenden Königreich waren nur noch die Reste von Staumauern, die die Felder bewässerten, sowie Teile von Gebäuden und Säulen vom Palast zu sehen. Es gab zwar einige Ausgrabungen, aber vieles war bereits wieder unter dem Sand verschüttet. Für mich war es sehr eindrucksvoll, was zur damaligen Zeit an diesem Ort entstanden war. Ich konnte viele eindrucksvolle Fotos machen, die ich später in meinen Diavorträgen präsentierte.

Mein Bruder lebte in Ibb, heute eine Großstadt im Südwesten des Jemen. Damals hatte sie weniger Einwohner. Von dort machten wir unsere Ausflüge in die Wadis oder ans Rote Meer. Karl-Heinz kannte bereits die umliegenden Restaurants, in denen man günstig essen konnte.

Einmal lud er mich ein und sagte, dass wir spätestens um 11 Uhr dort sein müssten. Ich nahm an, dass man später nichts mehr zu Essen bekam, aber dann sah ich, warum mein Bruder so früh zum Essen gehen wollte. In der Mitte der Tische wurden die Essensreste aufgehäuft, die von unzähligen Fliegen besucht wurden. Karl-Heinz meinte: „Wenn man später kommt, hat man kaum mehr Platz für den Teller und Fliegen sind dann noch mehr da." Anfangs hatte ich keinen Appetit, aber als ich den Fisch auf dem Teller meines Bruders sah, habe ich mich überwunden und das Essen war wirklich gut.

Jemens Küste

Sehenswürdigkeiten gibt es im Landesinneren und an der Küste am Roten Meer. Die eindrucksvollen Lehmbauten, oft über mehrere Stockwerke, in Sanaa mit den weißen Ornamenten sowie der im Wadi Dahr gelegene Palast sind landestypisch. Die Lehmhäuser bei Mabar sollte man gesehen haben, auch die Besteigung des erloschenen und mit Wasser gefüllten Vulkankegels bei Rida ist interessant. Die Stadt Mokka – daher stammt der Name des Kaffees – hatte in der Blütezeit ca. 50.000 Einwohner. Heute verfallen die ehemaligen Prachtbauten und es gibt nur noch um die 5.000 Einwohner.

Mit meinem Bruder machte ich einen Ausflug in die Hafenstadt Hodeida, der größte Hafen von Jemens Norden. Wir übernachteten in einer einfachen Hotelanlage, die am Strand gelegen war. Aufgrund der Wärme schliefen wir direkt am Strand, getrennt nur mit Schilfmatten, in üblicher Weise nach Geschlechtern. Weil die Temperatur auch in der Nacht kaum absank, zogen wir unsere Betten weiter in Richtung Meer, da dort etwas Wind ging. In der Nacht hörte ich Karl-Heinz schimpfen, ein großer Vogel hatte ihn beim Überfliegen beschmutzt. Als wir am Morgen erwachten, standen unsere Betten im Wasser. Glücklicherweise standen sie auf 1 m hohen Stelzen und wir hatten beim Verlassen nur nasse Füße.

Einen weiteren Ausflug unternahm ich mit einem Führer in das Wadi Zabid, weil es dort – einmalig auf der Arabischen Halbinsel – eine seltene Vegetation und Fauna geben soll. Tatsächlich präsentierte sich das Tal ähnlich wie ein Urwald. Es gab verschiedene Papageien und Webervögel. Ich hörte das Lärmen von Affen, bekam die Paviane aber nicht zu Gesicht. Einmal vernahm ich ein immer lauter werdendes Getrampel, suchte sicherheitshalber Schutz hinter einem Baum und plötzlich sah ich eine große Herde Kamele auf mich zukommen. Ich presste mich an den Baum. Die Kamele rasten an mir vorbei, ohne Notiz von mir zu nehmen, und so plötzlich, wie der Spuk gekommen war, war er auch vorbei. Später erfuhr ich, dass es im Jemen auch wilde Kamelherden gibt.

Unangenehmes

Im Straßenverkehr in den Städten Jemens wird oft das Rot der Ampel missachtet und man tut gut daran, auch bei Grün vorsichtig über die Kreuzung zu fahren. Einmal wurde unser Fahrzeug blockiert und an der Weiterfahrt gehindert. Mein Bruder, der das Gebaren schon kannte, zeigte an, dass wir auf die Vorfahrt verzichteten.

In Taiz, der zweitgrößten Stadt im Jemen, suchten wir eine Moschee und fragten einen gut gekleideten Einheimischen nach dem Weg. Er verstand unser Englisch und führte uns bis zur Moschee. Auf dem Weg erklärte er uns einiges im Zusammenhang mit der Moschee. Als wir ihn später zum Dank zu einer Cola einladen wollten, lehnte dieser ab und lud uns im Gegenzug nun zu einer Cola ein. Als wir dies jedoch ablehnten, denn schließlich waren *wir* ja zum Dank verpflichtet, erkannten wir an der Reaktion des Jemeniten, dass es wohl besser war, seine Einladung anzunehmen. Alle männlichen Jemeniten tragen an einem reich verzierten Gürtel einen Krummdolch; auch die Kinder bekommen ab ca. 5 Jahren ein kleines Ebenbild. Der Krummdolch als Statussymbol oder Waffe – wir haben nicht gesehen, ob er bei einem Kampf eingesetzt wurde – furchteinflößend ist das schon.

Viele Jemeniten konsumieren täglich Kat, ein aus Blättern gewonnenes Rauschgift, indem dieses ständig im Mund durchgekaut wird. Bereits am frühen Vormittag kaufen die Männer diese Blätter und haben bis zum Mittag volle Backen. Ab Mittag ruht meist aus diesem Grund das allgemeine Geschäftsleben, aber es hält sie nicht davon ab, im Kat-Rausch Auto zu fahren.

Tot gefahrene Tiere, auch Esel oder Kamele, bleiben am Straßenrand liegen, niemand räumt sie weg, man wartet, bis die Geier dies erledigen. Sehr unangenehm ist der Gestank, wenn man diese Stellen mit dem offenen Auto passiert.

Bei einem Ausflug in der Nähe von Taizz an dem Berg Jabal Sabir – dem größten Raschgiftanbaugebiet von Kat – wurden Karl-Heinz und ich von Jugendlichen, wohl nicht älter als 16 Jahre, mit mehreren Geländewagen eingekreist und mit Maschinenpistolen bedroht. Wir blieben im Auto und verhielten uns abwartend; nach einer Weile zogen sie wieder ab. Wir waren erleichtert. Das war mein unangenehmstes Erlebnis im Jemen.

Diavorträge

Von meinen Reisen nach Madagaskar und dem Jemen hatte ich viele Dias gemacht und so entschloss ich mich, Diavorträge über diese Länder zu halten. Zu dieser Zeit waren Vorträge mit Großbilddias im 6x6-Format noch eine Besonderheit. Es war einerseits eine große Herausforderung bezüglich des erforderlichen Kassettenwechsels während des Vortrages und andererseits kostenintensiv bezüglich der speziellen Projektoren. Auch eine übergroße Leinwand war notwendig, um einen bleibenden Eindruck zu hinterlassen. Die Vorträge wurden gesteuert von einem speziellen Recorder mit sechs Spuren, je zwei Spuren für den Bildwechsel, für die originalen Töne und für die Stereomusik.

Bevor ich nach einer 6-monatigen Bearbeitungszeit mit den Vorträgen an die Öffentlichkeit ging, zeigte ich sie erst einmal in meinem Freundeskreis – mit Erfolg. Ich ließ daraufhin Plakate im A3-Format und Eintrittskarten drucken, kümmerte mich um die Werbung und die Anmietung der geeigneten Vortragssäle.

Der Kartenvorverkauf erfolgte in München an den bekannten Vorverkaufsstellen. Meine Frau übernahm die Abendkasse, fuhr danach jedoch nach Hause zu unserer Tochter. Da die Saalmiete im Deutschen Museum recht teuer war, zeigte ich an einem Abend meine beiden Vorträge, erst über Madagaskar und dann über Jemen. Die Vorträge liefen sehr gut und ich investierte einen großen Anteil der Einnahmen in die Erweiterung meiner Fotoausrüstung. Auch in die Vorträge investierte ich, denn außer meiner Frau für den Kartenverkauf hatte ich keine Helfer für den Aufbau, das Ausrichten der Projektoren und Lautsprecher sowie für den späteren Abbau. Ich baute eine eigene Lichtanlage an meinen Vortragsplatz, um die Saalbeleuchtung von dort zu steuern. Zur Begrüßung der Vortragsteilnehmer schaffte ich mir ein kabelloses Mikrofon an und konnte mich damit unabhängig im ganzen Saal bewegen.

Meine Vorträge hielt ich überwiegend in den Wintermonaten, denn dann hatten die Besucher Sehnsucht nach Sonne und Meer. Manchmal zeigte ich sie bei Schulungen im Abendprogramm zur Unterhaltung der Kursteilnehmer und freute mich über die anschließenden Fragen.

Nach einer Laufzeit von drei Jahren musste ich meine Vorträge einstellen, da durch die zunehmende Digitalisierung die Konkurrenz immer größer wurde. Meine gesamte analoge Ausrüstung verkaufte ich noch rechtzeitig zu einem vertretbaren Preis.

Frankreich mit dem Wohnmobil

Mit meinem ersten Bildband über Madagaskar schaffte ich den Einstieg beim Schweizer Verlag „terra magica" und erhielt dadurch einen Nachfolgeauftrag für einen Bildband über Frankreich. Um Fotos für den Frankreich-Bildband zu machen, kaufte ich ein gebrauchtes Wohnmobil, denn eines zu mieten, war wegen der hohen Kilometerleistung zu teuer. Nach der 4-wöchigen Reise und ca. 20.000 km für die erste Etappe verkaufte ich das Wohnmobil mit geringem Verlust wieder.

Meine erste Reise begann im Elsass, führte über Grenoble über die Westalpen nach Süden ans Mittelmeer, von dort aus in Richtung Westen entlang der Pyrenäen bis zur Atlantikküste, dann in Richtung Norden über die Bretagne, Normandie und Champagne zurück ins Elsass. Ich erkundete somit das Land in den Regionen an den Außengrenzen.

Meine zweite Reise befasste sich mit Paris und Frankreichs Zentralregionen. Informationen über die jeweiligen Sehenswürdigkeiten besorgte ich mir in den örtlichen Touristikinformationen.

Anfang der 90er-Jahre konnte man in Frankreich mit dem Wohnmobil noch ohne Einschränkungen überall nächtigen. So verbrachte ich Nächte in den Westalpen inmitten von Rotwild, in der Camargue bei den Flamingos und in den Feldern mit Blick auf den Mont-Saint-Michel. Auf meinen Reisen besichtigte ich viele Schlösser, unzählige Kirchen und etliche Museen sowie die einmaligen Sehenswürdigkeiten, z. B. die Arenen von Orange und Nîmes, die Schlucht Gorges du Verdon, die römische Wasserleitung Pont du Gard, die größte Düne Europas bei Pilat und das Moorgebiet (Brier) mit den unter

Denkmalschutz stehenden Häusern mit Schilfbedeckung in der Nähe von Nantes.

Frankreich ist ein großes Land mit sehr viel Einmaligem und Sehenswertem. Ich traf freundliche Leute, aber auch sehr voreingenommene gegenüber Deutschen. So wurde ich einmal mit einer Eisenstange bedroht, weil ich angeblich jemandem den Parkplatz weggenommen hatte. Wenn die Franzosen merkten, dass ich Deutscher war, bekam ich oft keine Antwort auf meine Fragen oder ich wurde in eine falsche Richtung geschickt.

In den letzten Jahren hat sich dort vieles verändert, besonders die Jugend ist sehr aufgeschlossen und man trifft viele mit englischen Sprachkenntnissen.

Frankreich zentral

Der Schweizer Verlag brachte in Abständen von ca. sieben Jahren einen neuen Bildband über die gängigen Länder heraus. Aus diesem Grund mussten für das neue Buch auch neue Motive und Bilder erstellt werden. Für den Bildband über Frankreich machte ich nur die Bilder, die Bildtexte, die Texte über das Land, die Leute und die Geschichte wurden von einem anderen Autor erstellt. Dies erwies sich nicht als vorteilhaft, denn im finalen Bildband passte der Text nicht immer zum Bildteil.

Den Bildband des Vorgängers hatte ich als Vorlage, um gleiche Bilder zu vermeiden. Ich fotografierte zum Beispiel den Eiffelturm von einer Aussichtsplattform in Richtung Invalidendom, der gerade eine neue vergoldete Kuppel erhalten hatte. Ich fotografierte den Mont-Saint-Michel nicht wie üblich am Tag, sondern beleuchtet in der Nacht. Einmalige und typische Motive gehören einfach in jeden Bildband, es ist also Sache des Bildautors, die entsprechenden Alternativen zu finden.

Bei den Schlössern an der Loire oder Chér gibt es immer andere Blickwinkel zum Motiv. Außer in Lourdes gibt es in Frankreich weitere Wallfahrtsorte wie zum Beispiel Rocamadour mit der Schwarzen Madonna. Dort ist die Wunderkapelle im steilen Felsen integriert und bildet somit eine atemberaubende Einheit. Oben auf dem Felsen befindet sich ein Schloss mit einer beeindruckenden Greifvogelzucht.

Im Norden Frankreichs gibt es ausgedehnte Felder mit Sonnen- und Mohnblumen, die zur Gewinnung von Öl angelegt wurden. Im Süden wird die Landschaft von Oliven-Plantagen und Weinanbau geprägt.

Im Südosten wird von November bis Ende März die schwarze Trüffel gefunden und in den Restaurants der Region gibt es dann die ausgefallensten Trüffel-Gerichte. Vom Süden fasziniert waren auch diverse Maler, wie zum Beispiel van Gogh und Cézanne, die in ihrer Zeit beeindruckende Bilder schufen.

Für meine Bilder fuhr ich über dreißigtausend Kilometer kreuz und quer durch Frankreich. Ich war sicherlich an vielen beeindruckenden Stellen, die manch ein Franzose bisher nicht gesehen hat. Leider wurde mein Bildband vom konservativen Verlag kurz nach Erscheinen aus dem Vertrieb genommen, weil Frankreich einen Atombombenversuch auf einem Atoll in der Südsee unternommen hatte.

Norwegens Süden

Auch für meinen dritten Bildband über Norwegen kaufte ich mir für die erste Fotoreise ein Wohnmobil.

Diese Reise begann ich in München, fuhr bis nach Dänemark, dann mit der Fähre von Hirtshals nach Kristiansand in Südnorwegen. Ich wurde direkt nach der Ankunft vom Zoll intensiv kontrolliert, vermutlich erschien ich den Zöllnern als Alleinreisender im Wohnmobil verdächtig. Gesucht haben sie hauptsächlich nach alkoholischer Schmuggelware. Vom Verlag hatte ich eine Auftragsbescheinigung dabei, so konnte ich meine umfangreiche Fotoausrüstung erklären.

Zu Beginn besuchte ich in Oslo das sehenswerte Kon-Tiki-Museum und das Fram-Museum sowie den Vigeland-Park mit seinen einmaligen Steinskulpturen. Besonders anziehend waren für mich die hölzernen Stabkirchen, ich besuchte die Stabkirchen von Heddal, Eidsburg und später die von Borgund, Lom und Ringebu. Ich besuchte den Preikestolen, ein quadratisches Felsplateau mit einer 600 m senkrecht abfallenden Wand zum Lysefjord, und das größte Hochplateau, die Hardangervidda, sowie den Dovrefjell-Nationalpark mit den frei lebenden Moschusochsen. In Bergen hielt ich mich am Hafen auf und verspeiste die einmaligen Lachsbrötchen. Ich fand es so lustig, wenn die Sonne aus den oft dichten Wolken hervortrat, dann zogen die Norweger, wie auf Kommando, gleichzeitig ihre Pullover aus und genossen die wohltuende Wärme.

Meine direkte Begegnung mit den Moschusochsen war nicht ungefährlich, denn sie hatten Jungtiere in der Herde und die Bullen bezogen bereits eine

Abwehrstellung. Ich traute mich daher nicht näher als 300 m an sie heran, da es weder Bäume noch Felsen zu meinem Schutz gab. Beim Versuch, einen Elch zu fotografieren, geriet ich mit meinem Wohnmobil in einen unbefestigten Pistenrand und steckte fest. Es war morgens um 6 Uhr und ich machte mich auf den Weg zum nächstgelegenen Bauernhof. Dort machte ich mich bemerkbar, indem ich kleine Steine ans Fenster warf. Als ich jedoch die Unlust des spärlich bekleideten Bauern, mir zu helfen, erkannte, lockte ich ihn mit einer kleinen Flasche Whisky. Ich konnte dann gar nicht so schnell schauen, wie er plötzlich mit dem Trecker vor mir stand. Als ich ihm nach getaner Arbeit die Flasche übergab, küsste er diese mehrmals und war ebenso schnell wieder verschwunden. Ich konnte mich noch nicht einmal richtig bedanken. Vermutlich war dieser Tag für den Bauern ein Festtag.

Alkohol öffnet fast immer Tür und Tor. Ich lud mehrmals Leute zu einem Bier ein und erhielt dabei sehr interessante Hinweise auf Sehenswürdigkeiten für meine Fotoreise, die ich sonst nicht gefunden hätte.

Norwegens Norden

Diese Reise begann ich von Chemnitz aus. Dort hatte ich mich selbstständig gemacht und in meiner Freizeit einen Toyota Kleintransporter zu einem Campingwagen umgerüstet.

Auf einer 18 mm dicken, herausnehmbaren Bodenplatte befestigte ich das Bett und den Spülschrank, an den Seitenwänden montierte ich einen klappbaren Tisch und Ablagen für die Wäsche. Auf eine Isolierung verzichtete ich, da ich meine Reise im September unternahm.

Da ich Norwegens Süden bereits fotografisch erfasst hatte, konzentrierte ich mich nun auf den Norden. Nur am Geirangerfjord und in Bergen machte ich nochmals Fotos in einer anderen Stimmung. Auch am Briksdalsbreen und am Jostedal-Gletscher musste ich noch weitere Fotos machen. Auf den Lofoten hielt ich mich mehrere Tage auf, weil das Wetter nicht mitspielte. Mich faszinierten dort die geschützten, rotweißen Fischerhütten am Strand aus der Zeit der Walfänger, die nun zu Ferienunterkünften umgebaut und genutzt wurden.

Bei meiner ersten Reise gab es von Narvik bis zum Nordkap nur Pistenstraßen, jetzt nach den Funden reicher Erdölvorkommen wurden die Hauptstraßen befestigt und geteert.

Am Nusfjord fuhr ich auf einen Berg und übernachtete dort, denn ich wollte einen einmaligen Sonnenaufgang fotografieren. In der kühlen Nacht wurde ich von seltsamen Geräuschen wach und sah im Licht meiner Taschenlampe Unmengen von Lemmingen, die mein Fahrzeug umgaben. Als ich dann knabbernde Geräusche an meinem Fahrzeug vernahm, startete ich mein Mobil und fuhr ins Tal.

Ich hatte Sorge, dass die Lemminge meine Bremskabel unwiderstehlich fanden.

Wenige Fjorde können nicht mit einer Fähre überquert werden. Man kann zwar an der gegenüberliegenden Seite die Straße sehen, aber man fährt viele Kilometer am Fjord entlang, um letztendlich an diese Stelle zu gelangen.

Tromsö, die nördlichste Universitätsstadt, liegt noch im Einflussbereich des Golfstroms; ohne diesen gäbe es dort eisige Winter. In Hammerfest war ich als Deutscher nicht gern gesehen, da die Wehrmacht zum Kriegsende die Stadt mit ihren zahlreichen Holzhäusern niedergebrannt hatte.

Das Nordkap ist sehr touristisch ausgelegt, mich faszinierten jedoch die Mitternachtssonne und die Nordlichter. So konnte ich einmalige Fotos von den farbenfrohen Himmelserscheinungen und um Mitternacht die taghellen Aufnahmen vom Nordkap machen.

Selbstständig

Anfang 1993 bekam ich in der Firma einen neuen Vorgesetzten. Obwohl ich meinen Job bereits Jahre zuvor erfolgreich erledigt hatte, musste ich nun jeden Morgen bei ihm antreten und berichten, was ich am Tag zuvor gemacht hatte. Als dann in unserer Firma Personal abgebaut werden sollte, meldete ich mich dafür mit der Ankündigung, mich selbstständig zu machen.

Mit einer guten Abfindung im Gepäck ging ich dann zum Wiederaufbau der neuen Bundesländer zu meinem Bruder, der in Chemnitz bereits ein Baugeschäft betrieb. Ich wohnte dort zur Untermiete und hatte ein Büro in einem Container auf seinem Firmengelände. Ich startete mit dem, was ich zuvor als Angestellter gemacht hatte: mit Büroeinrichtung und -ausstattung sowie mit Reinigung von Gewerbeflächen.

Für die Reinigung hatte ich zuverlässiges älteres weibliches Personal aus den Vororten. Mit der Zeit lief es sehr gut, sodass ich die Angebote mit dem Erwerb von besseren Geräten erweitern konnte.

Obwohl ich viel Geld in Reklame investierte, lief es mit der Büroeinrichtung überhaupt nicht gut, weil die entsprechenden Bürogebäude erst schleppend errichtet wurden. Ich beteiligte mich bei den öffentlichen Ausschreibungen und war meist nur Zweiter. Hinter vorgehaltener Hand erklärte man mir, dass man zuerst die Hiesigen unterstützen müsse. Durch meine bestehenden Kontakte zu den Büromöbel- und Bürostuhlherstellern aus meiner Angestelltenzeit hatte ich bereits gute Konditionen für den Start erhalten. Selbst ein Angebot, bei dem ich nichts verdient hätte, brachte mir keinen Auftrag in den neuen Bundesländern. Ich gewann in diesem Zeitraum ausschließlich die Ausschreibungen in den alten Bundesländern und meine Gewinne lagen im vertretbaren Bereich. Ich machte mir immer wieder Mut und vertraute darauf, dass es mit der Zeit wohl besser werden würde.

Nach der Wiedervereinigung waren viele Personen vom Militär und von der Staatssicherheit arbeitslos und so entstanden immer mehr private Schließ- und Sicherheitsfirmen. Diese erkannten einen weiteren Geschäftszweig für sich und investierten in die Büroreinigung, denn sie hatten ja bereits die Schlüssel für die zu betreuenden Gebäude.

Als meine Reinigungsaufträge dadurch immer weniger wurden, fasste ich den Entschluss, nach zehn Monaten meine Zelte abzubrechen. Ich sammelte in dieser Zeit sehr viele Erfahrungen, aber ich hatte nicht den Mut, weiter nutzlos zu investieren.

Nathanielle

Nach meiner Scheidung 1991 von meiner ersten Frau war ich jahrelang auf der Suche nach einem neuen Glück. Durch mein Buch über Madagaskar lernte ich die Madegassin Nathanielle kennen. Sie wohnte in Dortmund und ich lebte im Raum München und später in Chemnitz. Ich besuchte sie, so oft es meine Zeit beim Existenzaufbau zuließ.

Nach Jahren dieser Fernbeziehung war Nati schwanger. Ich mietete wegen eines neuen Jobs in dieser Zeit eine Wohnung in Sauerlach bei München. Als in Ottobrunn mein befristetes Arbeitsverhältnis nach neun Monaten auslief, zog ich nach Kleve zu meinen Eltern, denn ich hatte eine einjährige Ausbildung vom Arbeitsamt in Oberhausen erhalten. Nati hatte ihre kleine Wohnung in Dortmund behalten, deshalb konnten wir uns dort öfter sehen. Nach meiner Ausbildung zum SAP-Berater erhielt ich eine Anstellung in Friedrichshafen. Nach der Probezeit mietete ich dort eine Wohnung und wir zogen zusammen.

Als unser Sohn Benedikt drei Jahre alt war, entschlossen wir uns, zu heiraten. Da Nathanielle nicht alle Papiere für eine Heirat vorweisen konnte, heirateten wir in Tonder in Dänemark. Als Familienname wählten wir einen Doppelnamen mit Bindestrich und unser Sohn fragte, was er dabei sei. Ich sagte aus Spaß: „Du bist der Bindestrich", aber Benedikt antwortete entrüstet: „Ich will aber nicht der Bindestrich sein." Nachdem wir ihm alles erklärt hatten, mussten wir ihn noch eine Zeit lang trösten.

Eines Tages eröffnete mir Nati, dass sie ein Informatikstudium an der Universität Toulon machen wolle. So mieteten wir in La Garde eine kleine Wohnung und Benedikt ging dort in einen französischen Kindergarten. Ich besuchte sie alle 14 Tage mit dem Auto. Für mich war nicht nur die Fahrt sehr anstrengend, ich musste unter der Woche länger arbeiten, um für den Besuch etwas mehr Zeit zu haben. Ich startete Freitagmittag und kam Montagmittag zurück an die Arbeit.

Nati wollte immer ein zweites Kind, aber ich wollte nicht mehr – so versuchte sie alle Tricks, bis es schließlich klappte. Ich hatte mittlerweile die dritte Anstellung als SAP-Berater in Friedrichshafen, als unsere Tochter Ann-Dominique geboren wurde. Bei der 2000-Jahr-Feier waren wir mit Benedikt, dem drei Monate alten Säugling und Freunden auf einer Fähre auf dem Bodensee und konnten die vielen Feuerwerke in Ufernähe bewundern. Aber unsere Tochter verschlief dabei den Wechsel in das nächste Jahrtausend.

Bulimie

Nach meiner Zeit in Friedrichshafen erhielt ich eine Anstellung bei der „FAZ" in Frankfurt und wir zogen um nach Freiburg. Ich nahm mir ein Zimmer und pendelte an den Wochenenden nach Freiburg zur Familie. Zwei Tage vor Ablauf der Probezeit eröffnete man mir, dass die Aufgabe, für die ich eingestellt worden war, nicht mehr weitergeführt werden würde. Ich war somit kurzfristig arbeitslos, aber bereits nach zwei Monaten hatte ich wieder einen Job in Weil am Rhein bei einem Stuhlhersteller.

Eines Tages eröffnete mir meine Frau, dass sie ihr Informatikstudium an der Universität Marseille fortführen wollte. Daraufhin mieteten wir in Cassis eine kleine Wohnung und ich besuchte sie alle zwei Wochen mit dem Auto. Für mich bedeutete das die gleichen Anstrengungen wie beim ersten Studium. Bei Nathanielle beobachtete ich eine immer größere Gereiztheit, auch bei unwichtigen Anlässen. So aß ich einmal eine Walnuss, wovon ich ihr von einer Reise zuvor 1 kg mitgebracht hatte. Sie rastete total aus und beschimpfte mich, dass ich ihr nicht alles wegessen sollte. Zuerst meinte ich, dass ihre Gereiztheit vom Studium herrührte, dann jedoch bemerkte ich, leider viel zu spät, dass Nati an Bulimie im fortgeschrittenen Stadium erkrankt war. Als sie abends kochte, meinte sie, dass sie für den nächsten Tag für die Kinder vorkoche. In Wirklichkeit aß sie in der Nacht davon und erbrach es wieder. Außerdem nahm sie ständig Abführmittel in größeren Mengen. Diese Abführmittel hatte ich bereits bei der Schwangerschaft mit Ann-Dominique bemerkt. Ich dachte mir damals jedoch nichts dabei, denn Nathanielle war von der Statur her nicht auffällig dünn.

Bei einem Besuch, kurz vor ihrem Studienende, führte ich diverse Schönheitsreparaturen in der Wohnung durch. Als ich damit fertig war, legte ich mich zur Entspannung auf das Bett, aber Nati wollte unbedingt, dass ich noch ein Bild aufhänge. Da der Hammer hierfür in meinem Auto lag, meinte ich, dass ich das auch am nächsten Morgen machen könne, denn jetzt wollte ich mich von der langen Fahrt und der Arbeit ausruhen. Daraufhin rastete Nathanielle wieder aus und goss mir im Wasserkocher erhitztes Wasser über den gesamten Körper. Im Reflex sprang ich vom Bett auf, riss mir die heißen Sachen vom Körper und gab Nati eine kräftige Backpfeife. Das Schlimme an dem Vorfall war, es geschah im Beisein der Kinder, die sich ins hinterste Eck des Zimmers verkrochen hatten. Danach war meine Frau erstaunlich ruhig, stellte mir aber meine Sachen vor die Tür mit der Aufforderung, dass ich verschwinden sollte. Mir blieb somit nichts anderes übrig, als noch in der Nacht zurück nach Freiburg zu fahren, da ich nicht genügend Geld für ein Hotelzimmer dabeihatte.

Kindesentzug

Ich war erheblich älter als Nati, deshalb hatte ich nichts dagegen, dass meine Frau ihre Studien für Informatik in Frankreich machte. Wir hatten uns darüber verständigt, dass ich den Haushalt machte, wenn ich in Rente war und sie dann arbeiten ging. Ihrem letzten Verhalten nach zu urteilen, war ich mir aber fast sicher, dass Nati mich nicht mehr brauchte, nachdem sie ihre Ausbildung beendet hatte. So reichten wir fast gleichzeitig unsere Scheidung ein und ich musste die gemeinsame Wohnung, aufgrund eines von ihr erwirkten Gerichtsbeschlusses, verlassen.

Wir haben ein gemeinsames Sorgerecht und ich sollte unsere Kinder alle 14 Tage für mehrere Stunden sehen. Dazu kam es aber nie, weil Nati es nicht wollte und für eine Absage jedes Mal eine Ausrede fand oder einfach nicht da war. Auch unsere Kinder bezog sie mit in die Ausreden ein. Ich wollte die Kinder einmal abholen, da sagte mein 6-jähriger Sohn über die Sprechanlage, dass sie mich heute nicht sehen wollten. Meine Beschwerde beim Gericht führte zu nichts, denn Nati hielt sich einfach nicht daran. Ich wohnte in dieser Zeit bereits in Weil am Rhein und fuhr somit insgesamt über 30-mal vergebens nach Freiburg. Das letzte Mal, als ich die Kinder gesehen habe, war zur Firmung von Benedikt. Ich konnte aber nur dabei sein, weil ich sonst dieser kirchlichen Weihe nicht zugestimmt hätte. Zu meinem Bedauern hat sich der Pfarrer nicht korrekt verhalten, denn auch er wollte mich ausschließen, weil Nati das so wollte.

Eines Tages, als ich wieder einmal meine Kinder abholen wollte, war die Wohnung verlassen. Von

Nachbarn erhielt ich die Auskunft, dass Frau und Kinder über Paris auf die Insel Réunion geflogen seien und nun dort lebten. Mir erschien das auch plausibel, da Nathanielle unser gemeinsames Auto an Freunde verkauft hatte. Sie war drei Monate mit der Miete im Rückstand, die Wohnung musste noch geleert und renoviert werden. Dafür war ich nun zuständig, weil wir den Mietvertrag gemeinsam unterschrieben hatten.

Es erfolgte die Scheidung in Abwesenheit von Nati nach einem Jahr. Obwohl wir nach EU-Recht geschieden waren, reichte sie nochmals eine Scheidung von Réunion aus ein, obwohl die Insel zu Frankreich gehört. So musste ich einen Anwalt in Strasbourg und auf der Insel beauftragen, obwohl nach EU-Recht die Scheidung auch auf Réunion gilt.

Am schlimmsten aber ist, dass ich meine Kinder seit diesem Zeitraum, seit mittlerweile über 15 Jahren nicht mehr gesehen habe und dies vermutlich auch nicht mehr geschehen wird. Ich habe über Jahre versucht, meine Kinder zu finden, habe alle Behörden und Botschaften erfolglos angeschrieben. Wenn man sie gefunden hatte, waren sie umgezogen. In Frankreich gilt, wenn die Frau ihre Adresse nicht bekanntgeben will, dann erhält man nur die Auskunft: „Ihren Kindern geht es gut" – das war es.

Arbeitslosenzeit

In den letzten Jahren meiner Berufstätigkeit als SAP-Berater hatte ich nur befristete Arbeitsverträge, die auf ein bestimmtes Projekt festgelegt waren. Mit 62 Jahren wurde ich arbeitslos, was mir zu diesem Zeitpunkt schon recht war, da ich mit 63 in den vorzeitigen Ruhestand gehen wollte. Ich hatte mich ein wenig aus Panik dazu entschlossen, weil mein zwei Jahre älterer Bruder Karl-Heinz mit 60 Jahren verstorben war.

Ich wohnte noch in Weil am Rhein in einer kleinen Wohnung. Die finanzielle Umstellung auf das Arbeitslosengeld war erheblich. Ich bekam zwar den höchsten Satz, aber es war nur ein Bruchteil von dem, was ich vorher verdient hatte. Zudem hatte ich noch den Hausbau in der Provence an der Backe und musste immer die Teilbeträge nach Baufortschritt/Fertigstellung bezahlen. Hätte ich die Teilbeträge nicht gezahlt, wäre der Weiterbau des Hauses eingestellt worden. Ich hatte zwar das Geld für den Hausbau, konnte aber davon nichts abzwacken, so musste ich auch meine Fahrten nach Südfrankreich vom Arbeitslosengeld bestreiten.

Es gab Zeiten, da war gähnende Leere in meinem Portemonnaie und ich ging ans Rheinufer, um leere Flaschen und Dosen zu sammeln. Ich war dabei nicht allein, denn es gab weitere Sammler. Deshalb war ich bereits sonntags um 7 Uhr am Rhein unterwegs und sammelte alles Verwertbare auf, was bei den samstagabendlichen Grillfesten liegen geblieben war. Es waren nur kleine Beträge, die ich einnahm, aber sie halfen mir über die schwierige Zeit. Früher hatte ich die Flaschensammler immer belächelt, nun weiß ich, was es für eine Alternative ist, um eine

Notlage zu überbrücken, ohne betteln zu müssen. An Schlechtwettertagen war die Ausbeute sehr gering und ich musste alles auf das Notwendigste reduzieren. Manchmal war ich jedoch gezwungen, auch auf meine Hausrücklagen zurückzugreifen.

Auf meinen Touren nach Südfrankreich benutzte ich überwiegend Landstraßen, um die Maut zu sparen. Im Wohnwagen gab es keine Toilette, deshalb fuhr ich morgens mit dem Fahrrad ins nahe Einkaufszentrum, ging dort auf das WC und kaufte mir etwas zu essen. Vermutlich lebte ich in dieser Zeit nicht immer sehr gesund, jedoch gab es im Umkreis meines Grundstückes frei zugängliche Obst- und Feigenbäume, von denen ich mich bediente. Frisches Wasser holte ich mir aus dem Brunnen im Dorf und fürs warme Wasser stellte ich einen Kanister in die Sonne, den ich dann zum Duschen an einem Baum aufhing.

Meine Zeiten im Wohnwagen dauerten meist nur 14 Tage, deshalb fand ich die Einschränkungen als keine große Belastung. Die Arbeitslosenzeit dauerte nur zwölf Monate, danach bekam ich meine Rente, die um einiges höher war als das Arbeitslosengeld.

Gonfaron

Durch meinen Bildband über Frankreich hatte ich gute Kenntnisse über die schönsten Regionen in dem Land. Mit Nati war ich mir einig gewesen, dass für uns nur die Provence infrage kam.

So hatten wir uns auf die Suche nach einem geeigneten Grundstück gemacht. Aufgrund meiner finanziellen Lage war ein Grundstück in der Nähe des Mittelmeeres nicht bezahlbar, so kam nur eines im Hinterland, aber mit guter Verkehrsanbindung in die engere Wahl. Angebote wie Grundstücke am steilen Hang oder mit sehr felsigem Boden fanden nicht unser Gefallen, bis uns nach längerer Suche ein Grundstück direkt an einem kleinen Fluss in Gonfaron angeboten wurde. Leider konnten wir das Grundstück nur erwerben, wenn wir gleichzeitig die Firma mit dem Bau des Hauses beauftragten. Wir entschieden uns letztlich für einen minimalen Ausbau des Hauses, denn viele Arbeiten wie Fliesen- und Malerarbeiten sowie den Bau der Terrassen konnte ich selber ausführen.

Nachdem ich auf dem Grundstück einige Bäume gefällt hatte, stellte ich einen Wohnwagen dort auf, worin ich mich aufhielt, wenn ich den Fortschritt der Bauarbeiten kontrollierte. Die Baufirma war nicht sehr zuverlässig, denn an meinem Haus wurde nur gearbeitet, wenn ich mich dort aufhielt. Obwohl an meinem Bau zuerst begonnen wurde, war das Nachbarhaus ein halbes Jahr früher fertig.

Wenn ich mich in der Baufirma beschweren wollte, ließen sich die Verantwortlichen verleugnen. Als es mir eines Tages reichte, setzte ich mich auf den Empfangstresen. Ich wartete nur wenige Minuten, bis der zuständige Bauleiter kam. Da Nati und ich bereits getrennt lebten, wäre ein Verkauf nur unter großen Verlusten möglich gewesen, da die Fundamente und die Bodenplatte bereits fertig waren. Nati hatte den Bauauftrag mit unterschrieben. Damit sie nicht für Kosten aufkommen musste, wurde der Bau auf meinen Namen fortgeführt. Zum Glück hatte ich einen guten Freund auf Madagaskar, der mir bei den Übersetzungen sehr behilflich war. Dieter erhielt von mir per E-Mail den deutschen Text und ich bekam nach wenigen Stunden die Übersetzung zurück. Ohne diese Hilfe hätte ich das Projekt nicht beenden können.

Als das Haus nach unglaublichen drei Jahren endlich fertig und zur Abnahme bereit war, half mir Peter dabei. Peter hatte ich in einem Freundeskreis in Gonfaron kennengelernt. Zu diesem Zeitpunkt war ich arbeitslos und vom Arbeitsamt mit 62 Jahren nicht mehr vermittelbar, so konnte ich mich intensiv um den Ausbau des Hauses kümmern.

Handwerker

Aufgrund meiner Ausbildung zum Bergmann hatte ich ein breites handwerkliches Geschick, das mir bei meinem Hausbau zugutekam. Mein Haus befand sich bei der Übergabe in einem minimalen Ausbauzustand, so trieb ich nach und nach, entsprechend meiner Finanzlage, den Ausbau voran.

Im Hausinneren mussten noch alles gestrichen, die Wandfliesen angebracht und die Dusche eingebaut werden. Weil in der Baubeschreibung auch ein Schornstein für den geplanten Kaminofen fehlte, musste ein Schornstein aus Edelstahl außen am Haus angebracht werden. Auch ein Waschbecken in der Toilette hatte ich übersehen, konnte aber das Problem selber lösen, indem ich einen Zu- und Abfluss zum nahen Bad herstellte.

Mit der Zeit errichtete ich am Haus insgesamt drei Terrassen und belegte diese mit Bodenplatten. Einen Zaun zu meinem Nachbarn haben wir gemeinsam errichtet und uns die Kosten geteilt. Da das Haus nicht an der örtlichen Abwasserentsorgung angeschlossen werden konnte, musste eine eigene Sickergrube auf dem Grundstück gebaut werden. Hierzu holte ich drei Angebote ein, wobei letztlich der Handwerker aus meinem Heimatort Gonfaron fast das Doppelte verlangte. Wenn die Handwerker merkten, dass ich Ausländer war, versuchten sie alles etwas teurer zu machen. Auch Terminabsprachen wurden wenig eingehalten, teilweise sagte man einen bestehenden Termin nicht einmal ab. Es funktionierte erst, als ich über meine Freunde im Ort die Handwerker bestellte.

Probleme gab es auch mit dem Stromanschluss, denn dadurch, dass das Haus mehr als 35 Meter vom

Hauptstrang entfernt lag, musste auf meine Kosten ein weiterer Zählerkasten aufgestellt werden. Daraus entstand ein weiteres Problem, denn der Stromanbieter war nun nicht mehr zuständig für den kostenlosen Anschluss im Haus. Die Baufirma verweigerte ebenso ihre Zuständigkeit, denn das Anschließen sei Aufgabe des Stromanbieters. Auch mein Angebot an den Stromanbieter, die Kosten für den Anschluss zu übernehmen, stieß auf taube Ohren und von den Handwerkern wurde ich letztlich im Stich gelassen. So blieb mir nichts anderes übrig, als den Anschluss selber zu machen, obwohl dies eigentlich nur von einem Meister hätte durchgeführt werden dürfen.

Kur

In Frankreich werden von der Krankenkasse weniger Leistungen übernommen als in Deutschland, deshalb ist man gut beraten, eine Zusatzversicherung zu haben. Auch die Kuren in Frankreich werden anders abgewickelt. Eine dreiwöchige Kur wird jedes Jahr genehmigt, wenn das der Hausarzt für notwendig hält. Bei der Übernahme der Kosten gibt es auch Unterschiede, denn in Frankreich werden nur die Kosten für die Anwendungen übernommen, für Verpflegung und die private Unterkunft muss man selber aufkommen.

Aufgrund meiner Rückenprobleme wurde mir vom Hausarzt eine Kur verschrieben. Die empfohlene Kurklinik befand sich in der Nähe von Sète, südlich von Montpellier. Dort mietete ich eine Einzimmerwohnung in einem Wohnblock, der überwiegend von Kurgästen bewohnt war. Das Kurgebäude war schon in die Jahre gekommen, teilweise blätterte der Putz von den Wänden und einige Rohrleitungen hatten wegen der hohen Luftfeuchtigkeit Rost angesetzt.

Der Ablauf der Kur klappte zeitlich hervorragend, auch das Personal war gut auf die Kurgäste eingestellt. Außer sonntags hatte ich jeden Tag drei Anwendungen, die vorher von einem Kurarzt entsprechend meiner Krankheitsgeschichte festgelegt worden waren. Für jeden Anwendungstag gab es einen Bademantel und frische Handtücher, die vor Verlassen des Hauses abgegeben werden mussten. Im Zentrum des Kurgebäudes befand sich ein Schwimmbad, das man zwischen den Anwendungen benutzen konnte.

Ich verbrachte überwiegend vormittags drei Stunden bei meinen Anwendungen und hatte dann den restlichen Tag zur freien Verfügung. In meiner Freizeit ging ich einkaufen für den täglichen Bedarf oder spazierte an dem nahen Süßwassersee Bassin de Thau entlang. Ich besuchte die eindrucksvolle Stadt Sète, die auch Klein-Venedig genannt wird, und setzte mich dort in ein Café direkt an einer Wasserstraße. Sehenswert waren auch die alte Zugbrücke und der neue Jachthafen. Zwischen dem See und dem Golf du Lion gibt es eine schmale Landzunge, die man befahren kann. Die Straße ist gut ausgebaut und zum Mittelmeer hin wurden unzählige Parkplätze angelegt, die sicherlich in der Ferienzeit gut frequentiert werden. Ich war im Frühjahr dort und habe nur einige Jogger angetroffen. Die Parkplätze können nur von Pkws benutzt werden, da in Frankreich die Zufahrt für Wohnmobile mittels Querbalken üblicherweise auf zwei Meter versperrt wird.

Jakobsweg

Obwohl ich nicht sehr gläubig bin, wollte ich einmal auf dem klassischen Jakobsweg in Nordspanien pilgern. Ein älterer Bekannter wollte diese Tour auch machen, so verabredeten wir uns für Ende März im französischen St.-Jean-Pied-de-Port zum Start. Vor Beginn habe ich mich bezüglich Ausrüstung informiert und das entsprechende Kartenmaterial besorgt. Mit dem gefüllten Rucksack und meinen neuen Schuhen lief ich vorher zum Test mehrmals um einen See in der Nähe meines Wohnortes, denn ich hatte ja keine Kondition und die Schuhe mussten eingelaufen werden.

An dem besagten Tag reiste ich mit dem Pkw nach St.-Jean-Pied-de-Port, mein Bekannter kam aus Deutschland mit dem Flieger nach Biarritz und dann mit dem Zug zum Treffpunkt. Bereits der erste Tag stellte hohe Anforderungen an uns, denn wir mussten einen Pass auf über tausend Höhenmetern bezwingen.

In Roncesvalles, im nächsten Ort, trafen wir auf die ersten Fußkranken, die wegen ihren Blasen pausieren mussten. Wir hatten unsere Füße vorher mit Fußbalsam präpariert, deshalb hatten wir von Anfang an keine Probleme. Übernachtet wurde in Pilgerherbergen mit einem oder mehreren Schlafsälen mit jeweils vielen Etagenbetten. Ohne Ohrenstöpsel war in den meisten Fällen an Schlaf nicht zu denken, denn Schnarcher waren viele unterwegs.

Einige starteten die nächste Etappe bereits morgens um 6 Uhr, das ältere Semester, wie wir, erst nach dem Frühstück. Wenn wir dann nach einem entspannten Marsch in der nächsten Pilgerherberge ankamen, waren die unteren der Etagenbetten bereits belegt, so mussten wir in unsere Betten klettern. Einmal kamen wir am späten Nachmittag in einer Herberge auf einem Berg an. Zu jedem Bett gehörte eine Decke, aber diese hatten sich die Pilger bereits vorher aufgeteilt, sodass wir keine vorfanden. Um Ärger aus dem Weg zu gehen, zogen wir alles an, was wir dabeihatten und haben so die Nacht überstanden.

Die beste Pilgerherberge fanden wir in Pamplona, dort konnte man die Wäsche zum Waschen abgeben und morgens gab es ein Frühstück mit gekochtem Ei. Ansonsten war man Selbstversorger und musste unterwegs einkaufen. Die Küchen in den Pilgerherbergen waren meist von den Asiaten belegt, wenn wir eintrafen. So hatten wir mehrmals Glück mit unserem Angebot an Wein und konnten dann bei ihnen mitessen.

Bild: auf dem Jakobsweg

Pilgerpfad

Den Jakobsweg kann man zu Fuß, mit dem Fahrrad oder mit einem Pferd bewältigen, wobei man per Fahrrad öfter absteigen und schieben muss, weil die Wege nicht immer dafür geeignet sind. Wir haben auch keine Radler getroffen, jedoch einige Pilger, die ihr Gepäck mit einem Esel transportieren ließen. Auch ein bekannter Buchautor ließ sein Gepäck befördern und übernachtete mehr in Hotels anstatt in Pilgerherbergen.

In den Restaurants entlang des Jakobsweges gab es immer das gleiche Pilger-Menü zwischen 10 und 14 Euro. Es bestand aus Pommes, einer gebratenen dünnen Scheibe Schinken und Salat. Wenn es das Angebot zuließ, aßen wir etwas anderes, denn dreimal die Woche das Pilger-Menü war schon eines zu viel.

Mein Bekannter war Raucher und bei jedem Anstieg auf einen Berg ging ihm buchstäblich die Puste aus. Wir schafften an manchen Tagen weniger als 10 km und dann nur bis zur nächsten Herberge. Im Gegensatz zu uns gab es Rennläufer, die täglich um die 50 km schafften und uns rasant überholten. Wir hingegen überholten auf unserer gesamten Tour niemanden. Auf unserem Marsch stießen wir auf einige Kreuze mit Gedenktafeln von Menschen, für die hier die Reise zu Ende war.

In den Herbergen trafen wir auch Pilger, die schon mehrmals den Pfad bewältigten. Einer davon lebte direkt auf dem Pilgerpfad und erzählte uns beim abendlichen Treffen in der Pilgerherberge von seinen Erlebnissen. Die Zuhörer bedankten sich bei ihm mit Speis und Trank.

Als wir in das Weinanbaugebiet von Rioja kamen, befand sich direkt am Pilgerpfad ein Weingut. Man konnte in einem kleinen Anbau in einem Pappbecher den Wein abfüllen und probieren. Wir hielten uns zurück und kosteten nur ein wenig, denn wir hatten unser Ziel noch nicht erreicht. Dass es dort kostenlos Wein abzuzapfen gab, war auch den Handwerkern bekannt. Als wir um die Mittagszeit den Ort verließen, füllten sich Handwerker mit einer großen Flasche den Wein ab.

Das Wetter spielte nicht immer mit, wir hatten mehr Regentage als Sonne und besonders in den Höhenlagen war es sehr windig und unangenehm kalt. So blieb es nicht aus, dass ich mir eine starke Erkältung holte und wir unsere Pilgertour abbrechen mussten. Wir waren nur etwas weiter als nach Burgos gekommen, aber die Erlebnisse und Erfahrungen reichten uns.

Quadunfall

Ich sammele bereits seit meinem 20. Lebensjahr Pilze und kenne mich damit gut aus. An jedem meiner verschiedenen neuen Wohnorte dauerte es nicht lange und ich hatte meine Stellen, an denen ich die bekanntesten Speisepilze fand.

In Südfrankreich ist es etwas anders. Da es im späten Herbst erstmals nach dem Sommer ausgiebiger regnet, gibt es dort die Pilze erst im Oktober und November. Meine wichtigste Stelle befand sich ca. 5 km vom Wohnort entfernt auf einem Hochplateau inmitten von Esskastanienbäumen, wobei der letzte Kilometer entweder zu Fuß oder mit dem Quad über den landwirtschaftlichen Versorgungsweg zu erreichen war. Vor dem Hochplateau war auf ca. 50 Metern Länge eine 45-Grad-Steigung zu bewältigen, die ich zuvor bereits mit dem Quad mehrmals überwinden konnte.

Nachdem es zwei Tage geregnet hatte, war es günstig, Pilze sammeln zu gehen, und so fuhr ich mit dem Quad diese Strecke. Als ich mich bereits in der Steigung befand, bemerkte ich, dass auf dem noch feuchten Untergrund die Räder begannen, durchzudrehen. Vermutlich hatte ich in der Situation zu viel Gas gegeben, denn das Quad bäumte sich auf und warf mich ab. Ich landete auf dem Rücken und konnte geistesgegenwärtig dem auf mich fallenden Quad noch ausweichen. Ich lag unbeweglich auf dem Rücken und musste nach Luft schnappen, da ich starke Schmerzen hatte. Das Quad lag mit noch laufendem Motor kopfüber schräg am Hang und aus dem Tank tropfte das Benzin. Da ich kein Handy dabeihatte und mich weitab von möglichen Helfern befand, mobilisierte ich alle meine Kräfte, robbte zu einem nahen Baum, zog mich an einem Ast hoch und entlastete damit für kurze Zeit meinen Rücken. Vermutlich im Schockzustand befindlich, schaffte ich es, das Quad quer zum Weg auf die Räder zu drehen. Nach einer kurzen Verschnaufpause an dem Ast schob ich das Quad in Fahrtrichtung zum Steigungsanfang und bewegte es mit festgehaltenen Handbremsen langsam nach unten. Danach stieg ich auf das Quad und beugte mich vor bis auf den Tank, so fuhr ich zu meinem Haus zurück.

Ich nahm starke Schmerzmittel und legte mich für wenige Stunden ins Bett. Da ich kaum noch Schmerzen verspürte, aß ich später noch etwas zum Abendbrot und schaute fern, danach ging ich wieder schlafen. Mir war nicht bewusst, dass ich an der Wirbelsäule eine größere Verletzung haben könnte, ich dachte zu diesem Zeitpunkt noch an eine starke Prellung. Es ist unglaublich, was man in einer solchen Notsituation für Kräfte mobilisieren kann.

Unfallkrankenhaus

Nach dem Quadunfall hatte ich eine fast problemlose Nacht. Als ich jedoch aufstehen wollte, verspürte ich enorme Schmerzen im Rücken, sodass ich das Bett nur kriechend verlassen konnte. Ich rief meinen Freund an und bat ihn, mir zu helfen. Als dieser mich sah, rief er sogleich einen Krankenwagen.

Ich wurde in das nächstgelegene Krankenhaus in Brignoles transportiert, wo ich stundenlang auf einer Liege im Flur wartete. Nach dem Röntgen stellte man einen Lendenwirbelbruch fest und man vermaß mich für ein Korsett zur Stabilisierung und Stützung der Wirbelsäule. Bis dieses nach drei Tagen eintraf, bekam ich starke Schmerzmittel. Mit dem Korsett konnte ich mich einigermaßen bewegen, aber das Bett nicht verlassen.

Obwohl ich weiterhin über Schmerzen klagte, transportierte man mich nach drei Wochen nach Fréjus zur Reha. Durch diese Maßnahmen wurden die Schmerzen immer größer und das Pflegepersonal meinte, dass ich mich nur anstelle. Als man mich dann 30 Minuten im Rollstuhl in der Dusche vergaß, war für mich das Maß voll.

Ich meldete mich beim ADAC für einen Rücktransport nach Deutschland. Aufgrund der Aussagen der Ärzte war ich transportfähig mit einem Krankenwagen. So wurde ich mit dem Korsett auf dem Rücken liegend über 900 km nach München in die Schön Klinik transportiert. Das Schaukeln in dem Fahrzeug und jede Unebenheit der Straße waren eine Qual für mich.

Nach einer Fahrt von über zehn Stunden war ich schließlich am Freitagabend in der Klinik. Dort wurde ich bereits vom Notfallarzt empfangen und geröntgt. Man stellte fest, dass ein Wirbel bei dem Unfall um ca. 20 % gestaucht und zusätzlich das Kreuzbein angebrochen war. Mir war nun klar, warum ich immer noch die starken Schmerzen hatte.

Nach Aufklärung über die bestehenden Risiken wurde ich am darauffolgenden Montag am Wirbel operiert. Dabei wurde ein Loch in den Wirbel gebohrt, durch eine Röhre ein Metallkorb mit einem Ballon eingeführt und dann der Wirbel durch Aufblasen des Ballons wieder aufgerichtet. Nach Entfernen des Ballons und der Röhre wurde der entstandene Hohlraum mit Zement aufgefüllt.

Bereits nach wenigen Stunden saß ich fast schmerzlos auf dem Bettrand und aß mein Abendbrot. Wenige Tage nach der Operation ging es dann zur Reha in eine Klinik der Knappschaft ins Berchtesgadener Land.

Ohne diese Operation in der Schön Klinik hätte ich wohl für den Rest meines Lebens immer Schwierigkeiten mit der Wirbelsäule gehabt.

Nepal

Mit Freunden aus dem Münchner Raum buchte ich eine dreiwöchige Reise mit dem Besuch von Nepal, Bhutan und Sikkim. Die Flugreise begann mit erheblichen Verzögerungen bereits am Flughafen von München, da die Maschine einen Triebwerkschaden hatte. So trafen wir verspätet in Doha in Katar ein und verpassten dort auch unseren Anschlussflug nach Kathmandu in Nepal.

Unsere Ankunft in Kathmandu wurde bereits von unserem Reiseführer erwartet, war jedoch aufgrund der Verspätung auf eine Kurzbesichtigung der Altstadt beschränkt. Unsere Reise erfolgte ein halbes Jahr vor dem verheerenden Erdbeben und wir konnten noch alle historischen Prachtbauten bewundern, von denen einige bei der Katastrophe völlig zerstört wurden. An vielen Stellen standen Buddha-Statuen, denen man für ein gutes Karma kleine Spenden darbrachte. Viele Haushalte haben keine Wasserversorgung im Haus, deshalb gibt es zentrale Wasserstellen, an denen man sich das Trinkwasser holen kann. An manchen Stellen warteten die Menschen geduldig mit ihren Plastikkanistern und es bildeten sich riesige Schlangen vor den Zapfstellen.

Wir kamen an einen ausgetrockneten Fluss, an dem nach buddhistischem Glauben einige Totenverbrennungen stattfanden. Die Reste der Verbrennungen werden zum Schluss im Flussbett entsorgt. Auf unsere Frage hin erklärte man uns mit einem Schulterzucken, dass alles, nachdem der Fluss wieder Wasser führte, später im Ganges landete. Am Abend sahen wir ein imposantes Schauspiel an einer Moschee, die von außen mit abwechselnd bunten Lichtern angestrahlt wurde.

Wir besuchten im Umkreis von Kathmandu und Pokhara einige imposante Tempel mit ihren üblichen drei Buddha-Statuen, die man generell nur barfuß betreten darf.

Für zwei Tage unternahmen wir eine mehrstündige Busfahrt in den Süden in einen Naturpark. Dort sollte es Tiger geben, leider hatten wir nicht das Glück und bekamen keinen zu sehen. In erhöhter Position, auf dem Rücken von zahmen Elefanten, durchstreiften wir das meterhohe Schilfgras und trafen tatsächlich auf Nashörner mit Jungtieren, die sich vermutlich durch die Anwesenheit der Elefanten sicher fühlten. Dieser Ausflug war einer meiner Höhepunkte dieser Asienreise.

Bhutan

Von Kathmandu flogen wir nach Paro ins Königreich von Bhutan. Im Gegensatz zu Nepal war dieses kleine Land vorbildlich sauber. Das junge Königspaar ist westlich eingestellt und gibt sich sehr volksnah. Man vermeidet den Massentourismus, da der Aufenthalt an einen täglichen Umsatz von damals ca. 200 $ gekoppelt war, der aber mit den Flug- und Hotelkosten ausgeglichen werden konnte.

Wir waren in vorbildlich geführten Hotels untergebracht und unternahmen von dort aus unsere täglichen Ausflüge. So standen unzählige Tempel und Klöster auf unserem Besichtigungsprogramm. Wir besuchten ein Klosterfest und schauten den vielen Gruppen von farbenfrohen Maskentänzern zu, die von der traditionellen Musik begleitet wurden. Manchmal gab es Einlagen von mystischen Klängen mehrerer Instrumente, ähnlich eines Alphorns. Das Klosterfest findet den ganzen Tag statt und alle Besucher versorgen sich durch mitgebrachte Speisen und Getränke. Da es für die Bevölkerung jedes Mal ein Höhepunkt ist, erscheinen alle in festlicher Kleidung.

Sehr beeindruckend fand ich den Buddhistischen Tempel Ringpunk Dzongkhag und das Nationalmuseum von Bhutan in Paro, in dem das größte Buch der Welt ausgestellt ist.

Teilweise hatten wir bei unseren Touren hervorragende Fernsicht auf die schneebedeckte Bergwelt des Himalajas. Die Top-Attraktion in Bhutan ca. 40 km nordwestlich von Paro ist unbestritten das Tigernest, ein in schwindelnder Höhe an einem Felsvorsprung gebauter Tempel.

Wir starteten recht früh vom Parkplatz am Fuße des Berges, um die Mittagshitze zu umgehen. Das

Kloster war noch in Nebel gehüllt. Wir erreichten nach einem dreistündigen Aufstieg den höchsten Punkt des Weges, von dort führen schmale Treppen am Berg entlang zum Tigernest. Der Aufstieg zwischen drei- und viertausend Höhenmetern ist sehr anstrengend und war nur mit Verschnaufpausen für mich zu schaffen. Man wird jedoch an vielen Stellen durch eine atemberaubende Aussicht auf die umliegende Landschaft belohnt.

Einmal im Leben das Kloster zu besuchen, ist ein Muss für die Bevölkerung, auch das Anbringen der unzähligen Glücksfähnchen auf dem gesamten Weg gehört dazu.

Beim Abstieg kamen uns einige Besucher auf Pferden entgegen, die vermutlich den schweißtreibenden Aufstieg leichter bewältigen wollten. Als wir vom Parkplatz aus starteten, konnte man noch keine Pferde mit Führer mieten.

Bild: Moritz mit Reiseführer in Bhutan

Sikkim

In der letzten Woche besuchten wir Sikkim, eine Provinz im nordöstlichen Indien. Von Paro aus erreichten wir nach einer längeren Busfahrt die Grenze. Wir übernachteten in Phuentsholing, wo wir von unserem Führer für Sikkim übernommen wurden. Spätestens nach dem Grenzübertritt wurde jedem bewusst, wie sauber und geordnet sich Bhutan präsentiert hatte, denn größer konnte der Gegensatz nicht sein.

Für unser nächstes Ziel Gangtok fuhren wir mit dem Bus nach Nordwesten. Die Strecke führte über schmale Straßen an Berghängen entlang und teilweise auch auf Schotterpisten, die uns kräftig durchschüttelten. In Gangtok fand momentan ein traditionelles Fest statt, indem man sich gegenseitig mit Farbpulver bewarf. Wir waren gerade aus dem Bus gestiegen, als wir von einer Gruppe junger Leute umringt und mit Farbe beworfen wurden. Nach kurzer Zeit waren wir bunt wie Papageien. Daraufhin zog die Gruppe, sichtlich erfreut über ihren Farbangriff, weiter. Wir schauten uns erst verdutzt an, mussten dann aber über diesen Überfall herzlich lachen.

Auf der Busfahrt von Gangtok nach Darjeeling besuchten wir einige größere Teeplantagen und verschafften uns einen Überblick über die Verarbeitung der Teeblätter. In Darjeeling gibt es einige Teestuben, in denen man die unterschiedlichen Sorten probieren und kaufen kann. Unsere Weiterfahrt nach Siliguri zu unserem Flugplatz führte uns an unzähligen Teeplantagen vorbei. Es war gerade Erntezeit der jungen Teeblätter und wir sahen viele Frauen, die diese mühevolle Arbeit verrichteten.

Mit einer kleinen Maschine flogen wir von Siliguri nach Kalkutta, zu unserer letzten Station. In Kalkutta besuchten wir den sehenswerten Blumenmarkt, verbrachten einige Zeit am Ufer des Ganges und sahen dort den Badenden zu, die sich im trüben Wasser wuschen. In Kalkutta war es sehr heiß und man konnte es nur in den klimatisierten Räumen aushalten. Am frühen Morgen, auf der Fahrt zu unserem Abflug nach Deutschland, bemerkten wir, wie am Straßenrand Verstorbene aufgesammelt und auf einen Lkw geladen wurden. Insgesamt machte Kalkutta auf mich den Eindruck, dass dort die Zeit stehen geblieben ist, seit die Engländer abgezogen sind.

Leben in der Provence

Im Laufe der Jahre habe ich auf meinem Grundstück die typischen südländischen Sträucher und Bäume, wie zum Beispiel Oliven, Feigen, Granatapfel und Weinreben angepflanzt. Aber auch Apfel- und Zwetschgenbäume sowie ein riesiger Walnussbaum, den ich selber aus einer Nuss entstehen ließ, sind im Garten vorhanden. Leider halten sich die Erträge im Rahmen, da ich eine Schädlingsbekämpfung ablehne. Zum Glück gibt es unterhalb des Grundstücks einen breiten Bach, von dem ich genügend Wasser zum Gießen abzweigen kann.

Die Provence hat hervorragende Weinanbaugebiete, meist als Familienbetriebe mit Spitzen-Weinen. Rotweine werden überwiegend zum Essen getrunken und Rosé nur gekühlt auch mal zwischendurch. Donnerstags und sonntags trifft man sich mit Freunden zu einem Plausch auf dem Marktplatz unter Sonnenschirmen. Ich wohne gern im Hinterland in der Provence, denn dort sind die Speisen und Getränke, anders als an der Küste, bedeutend günstiger und die Bedienungen sind durchweg freundlicher als in den Touristenzentren. Anders als in den Küstenregionen gibt es dort genügend Parkplätze und diese sind in der Regel kostenlos. Jeder Ort hat einmal wöchentlich seinen mehr oder weniger großen Wochenmarkt, auf dem man Wurst, Käse, Fisch, Obst und Gemüse sowie Kleidung, Blumen und Haushaltsutensilien einkaufen kann.

Eine Fahrtstunde nördlich von Gonfaron gibt es in Aups ab November bis März jeden Donnerstag einen Trüffelmarkt. Das Angebot an schwarzer Trüffel variiert zwischen 600 und 1.200 Euro pro Kilo, vor den Feiertagen immer zum Höchstpreis.

Natürlich habe ich mir alle Sehenswürdigkeiten in der Provence angeschaut. So stehen ein Besuch der Lavendelfelder im Juli bei Riez und eine Rundfahrt im Grand Canyon du Verdon jedes Jahr auf meinem Programm. In der Ferienzeit fahre ich selten ans Meer, dann ist mir der Trubel einfach zu viel. Ich bevorzuge die Zeit zwischen Spätherbst und Frühling, dann kann man dort die Ruhe und das Meeresrauschen genießen. In den letzten Jahren regnete es im Sommer immer seltener und es wurde zunehmend heißer, sodass man tagsüber möglichst im kühlen Haus verweilt. Feiern und Familienfeste finden dann erst am späten Abend statt. Für mich machen die milden Wintermonate das Leben hier in der Provence lebenswert.

Internetbekanntschaften

Nach der Scheidung von meiner zweiten Frau war ich einige Jahre solo, denn ich musste erst einmal ihr Untertauchen mit unseren zwei Kindern verdauen. Irgendwann kam der Zeitpunkt, nachdem nach mehreren Versuchen die Kinder nicht auffindbar waren, mich um meine Herzensangelegenheiten zu kümmern.

Ich war in einigen Internetportalen und habe dort, obwohl ich vorzeigbar (Meinung der Damen) war, teilweise schlechte Erfahrungen gemacht. Nach anfänglich großem Interesse hatten es einige nur auf einen billigen Urlaub bei mir in Südfrankreich abgesehen. Meistens haben sie zwei Wochen bei mir zugebracht, wir verstanden uns prächtig und haben sehr viel unternommen. Aber bereits nach ein paar Tagen war mir klar, dass sie keine festen Bindungen suchten. Es folgte der immer gleiche Spruch: „Wir können ja gute Freunde bleiben" – worauf ich allerdings wenig Wert legte, denn ich suchte ja etwas Festes.

Auch meine Versuche in Südfrankreich waren nicht erfolgreich. So hatte ich einmal ein Rendezvous, 120 km von meinem Wohnort entfernt, und ich begab mich mit meinem Auto dorthin. Auf der Fahrt gab es einen Stau und ich meldete mich per Handy, dass ich ca. eine halbe Stunde später eintreffe. Weiterhin sagte ich ihr, dass sie schon einmal ein Restaurant aussuchen könne. Als ich dann dort ankam, hatte die Dame bereits zwei Whisky getrunken, nach dem Essen mit viel Wein gab es nur ein kurzes „Au revoir" und dann war sie verschwunden.

Meine Erfahrung bei der Internet-Partnersuche war, dass das Tricksen mit den nicht aktuellen Bildern und/oder die Angabe vom nicht korrekten Alter leider in der Mehrzahl der Fall war. So beschloss ich, ab sofort alles dem Zufall zu überlassen.

Eines Tages hatte ich das Glück und begegnete einer Frau in einem Restaurant. Sie saß am Nachbartisch. Nachdem sich unsere Blicke mehrmals trafen, schob ich ihr unbemerkt meine Visitenkarte zu. Nach einigen Wochen rief sie mich an und wir verabredeten ein Treffen in Bonn. Danach funkte es auf beiden Seiten und ich lud sie zu mir nach Südfrankreich ein.

Seit dieser Zeit pendeln wir ständig zwischen Bonn und Südfrankreich. Wir haben eine gute Regelung gefunden, so bin ich 14 Tage in Bonn, dann wieder zwei Wochen in Südfrankreich, danach kommt sie 14 Tage zu mir und ist anschließend für zwei Wochen wieder in Bonn. So geht das nun schon reibungslos über zwei Jahre und jeder hat dabei seinen gewissen Freiraum. Ich hätte mir nicht träumen lassen, dass man im hohen Alter noch einmal so eine große Liebe findet.

Unverhofftes Wiedersehen

Obwohl ich ein vom Gericht festgelegtes Besuchsrecht hatte, habe ich meine Kinder aus zweiter Ehe seit 2003 nicht mehr gesehen. Weil meine geschiedene Frau das nicht wollte, hatte sie die Bekanntgabe ihres Aufenthaltsortes nach französischem Recht untersagt. So hatte ich 15 Jahre keinen Kontakt mit meinen Kindern. Einige Jahre habe ich versucht, auch mit Einschaltung der Botschaft, den Aufenthaltsort ausfindig zu machen, erhielt jedoch immer nur die Antwort: „Den Kindern geht es gut." Es war eine schwere Zeit für mich, denn meine Tochter war gerade mal drei Jahre und mein Sohn acht Jahre alt. Nach einiger Zeit hatte ich mich damit abgefunden, auch weil meine Bekannten meinten, dass sich die Kinder früher oder später bestimmt auf die Suche nach ihrem Vater machten.

Als meine Tochter Ann-Dominique 18 Jahre wurde, fand sie meine Adresse im Internet und rief mich an. Nach diesem Gespräch sahen wir uns das erste Mal über Skype, denn wir beide waren sehr gespannt auf das Aussehen des jeweils anderen. Es gab viel zu erzählen von beiden Seiten und wir hatten danach öfter Kontakt.

Nach einigen Tagen meldete sich auch mein Sohn Benedikt und ich war begeistert von seinem bisherigen Werdegang. Für mich waren die Kontakte mit meinen Kindern ein unglaubliches Erlebnis und meine Gefühle erreichten einen bisher nicht gekannten Höhepunkt.

Zum Kennenlernen besuchten mich meine Tochter und mein Sohn für ein paar Tage. Wir verbrachten jeweils eine schöne Zeit miteinander. Da Ann-Dominique das Mittelmeer kaum kannte, machten wir einen

Ausflug dorthin. Es war eine Freude, ihr zuzuschauen, wie sie lange Zeit barfuß am Strand im kalten Wasser entlanglief. Von meinem Sohn war ich insofern begeistert, weil er mir unaufgefordert bei der Gartenarbeit half und Pflanzen, die ich wegwerfen wollte, wieder einpflanzte. Benedikt nannte mich gleich „Papa", was in mir bisher nicht gekannte Gefühle weckte.

Wir vereinbarten zukünftig, während den Semesterferien, weitere Treffen bei mir. Eine Absprache untereinander war schnell gefunden, nun besuchen mich beide Kinder aus der zweiten Ehe gleichzeitig.

Meine Tochter Gabriele aus erster Ehe besucht mich mit den Enkelkindern regelmäßig in den Ferien.

Bild: Moritz mit Enkeltochter anlässlich ihrer Konfirmation

Ungewissheit

Da ich Probleme mit den Nieren hatte, trank ich tagelang Blasen- und Nierentee. Als die Schmerzen sich nicht besserten, ließ ich mich im Krankenhaus in Südfrankreich untersuchen. Vermutlich aufgrund ihrer Gerätschaften, die nicht auf dem neuesten Stand waren, hatten die Ärzte nichts gefunden. Bei meinem anschließenden Besuch in Bonn war ich beim Urologen, der nach einer MRT-Aufnahme an einer Niere zwei Zysten entdeckte, die aber bereits am Abklingen waren. Jedoch war am Bildrand ein weißer Fleck an der Lunge zu sehen. Daraufhin wurde die Lunge intensiver untersucht und man fand einen nussgroßen und einen eigroßen Fleck am unteren rechten Lungenlappen. Um Gewissheit zu bekommen, ob es sich um gut- oder bösartige Tumore handelte, wurde ein Termin, zwei Monate später, für eine Gewebeprobe vereinbart.

Ich hatte bisher schon einige Unfälle/Krankheiten überstanden, deshalb vertrat ich die Auffassung: Wenn die Zeit gekommen ist, dann ist es eben so weit. Meine Familie und Freunde waren nicht dieser Meinung und beknieten mich, einen früheren Termin für die Gewebeprobe zu vereinbaren, denn es könnte sonst zu spät sein. Meiner anfänglichen Unbekümmertheit wich nun ein Unbehagen bezüglich dieser Ungewissheit. Das Thema beschäftigte mich wenige Tage und ich schlief in dieser Zeit schlecht. Zum Glück war noch ein früherer Termin frei, den ich daraufhin sofort zusagte.

Ein Eingriff an der Lunge ist mit erheblichen Risiken verbunden, deshalb wurde nicht nur eine Gewebeprobe entnommen, sondern die Tumore wurden operativ entfernt. Bei dem nussgroßen Tumor handelte es sich um einen verkalkten Lymphknoten, aber beim größeren Tumor konnte man mir nicht sofort sagen, worum es sich handelte. Die Gewebeprobe musste in unterschiedlichen Laboren untersucht werden und ich verbrachte einige Tage erneut in Ungewissheit. Mit Erleichterung vernahm ich dann die Mitteilung, dass es sich um etwas Gutartiges gehandelt hatte und ich betrachtete im Nachhinein meine Entscheidung für einen früheren OP-Termin als die richtige.

Vorsorglich muss ich alle sechs Monate zu einer Nachkontrolle, um einer eventuellen Neubildung eines Tumors sofort entgegenzuwirken.

Danksagung

Ich bedanke mich bei meiner Frau Renate, die mit mir alle diese Höhen und Tiefen durchgestanden und mich bei den meisten meiner Aktivitäten unterstützt hat.

Mein Dank gilt den vielen guten Freunden, die ich bereits in meiner Schulzeit kennengelernt habe. Mit einigen stehe ich heute noch in Kontakt, leider sind Norbert und Rainer, zwei meiner Schulfreunde, bereits verstorben.

Ich bedanke mich bei meinem Freund Dieter, ohne ihn hätte ich das Ganze mit meinem Haus in Südfrankreich nicht gestemmt.

Bedanken möchte ich mich beim Ärzteteam der Schön Klinik, das mich wieder so hergestellt hat, dass das Leben wieder lebenswert ist.

Letztlich gilt mein Dank meiner jetzigen Lebensgefährtin Monika, die mich immer wieder ermuntert hat, meine Erlebnisse zu Papier zu bringen.

Der Autor

Udo Hess, 1942 in Jena geboren, führte bis ins hohe Alter ein bewegtes und abwechslungsreiches Leben.

Bekannt wurde er im deutschsprachigen europäischen Raum mit seinen Bildbänden über Madagaskar, Frankreich und Norwegen. Auch seine Bilder wurden in einigen namhaften Fotozeitschriften abgedruckt. Auf Madagaskar entdeckte er gemeinsam mit dem Naturfilmer Dr. Wieland Lippoldmüller eine bisher unbekannte Froschunterart.

Seit einigen Jahren widmet er sich der höheren Kochkunst und war im Internet unter „koch-ohne-stern" präsent.

Heute genießt er seinen Lebensabend für viele Monate im Jahr in der traumhaften Provence inmitten Wein- und Olivenfeldern.